汚された宝石

杉山実
sugiyama minoru

ブックウェイ

汚された宝石　◎目次

一話

「これは何ですか？　透明な海老ですか？」

通販画報（通販雑誌）の編集係長、田辺恭子は同僚のカメラマン金子聡子と夕食の膳に出された食材に興味を持った。ここは、加賀温泉のひとつで山代温泉旅館である。

仲居が「それが有名な富山湾の白えびです。昔から富山湾の宝石と呼ばれている美しい透明の海老です」

「綺麗、これが白えびなのね」箸でその海老を摘まみ上げるとじっくりと見つめて恭子は閃いた。

「聡子、次号の企画この海老の特集でいくわよ。富山湾の宝石として、大々的に記事を書くの」恭子が嬉しそうに言った。

聡子は恭子の話を聞いているのか？　いないのか？　もうすでに口にエビを放り込んでいた。

「良いですね、うーん、美味しいです」

白えびを味わう満足そうな顔に、恭子もつられて白えびを食べると「美味しいわ」と微笑んだ。

「今食べて頂いたのが昆布締めで、こちらが天ぷらで御座います」
と仲居が説明を終えると、すぐに聡子が天ぷらを口に入れ、
「これも美味しいわ」と絶賛した。

彼女達の所属する通販画報は月刊誌で、取材記事と一緒に色々な物を紹介して通販で売る雑誌である。

読者に商品を買わせるのを目的としているが、それを意識させない文章と写真に人気があり商品の売り上げに繋がっている。

雑誌にはリピーターコーナーも設けられており、過去にヒットした商品も定期的に掲載して販売している。

食品、雑貨、家庭用品、園芸用品と多彩に掲載しているが、その中でも一番読者を引きつけるのは田辺恭子達が担当する食品部門になる。

数ページの写真と、商品作りに携わった人の談話を掲載して人気を博しているのだ。

今回は加賀の和菓子の特集で、大納言小豆を寒天で包んだ品物の取材で訪れていた。

そんな中、この白えびと出会い、久々に再来月の企画まで決まりそうなので、二人の口も滑

らかになっている。

翌月に掲載する品物が見つからず困る事も度々あるので、常にアンテナを立てていなければならなかった。


田辺恭子四十歳、バツイチ子供無し、若い時は美人記者と持て囃されて有望視されていた。結婚をしたが仕事が棄てきれずに離婚し、今は仕事一本で張り切っている。

金子聡子三十五歳、未婚。適齢期を過ぎ様としていたが、恭子と同じく仕事が好きで、恋愛より仕事を優先させている。

そんな二人がコンビを組んで一年が経過しようとしていた。


「明日帰ったら編集長に話をして、白えびの取材に行きましょう」

「また食べられますね、本場の白えび」と嬉しそうな聡子。

仲居が「白えび漁の漁期は四月～十一月末の春から冬の初めまでです。今では冷凍技術の発達により、一年中白えび料理を楽しむことが出来ますが、水揚げ後すぐの白えびを堪能するなら、この期間中に訪れるのが良いでしょうね。特に六・七月の初夏が漁の最盛期で、美味しい白えびがたっぷり食べられますよ」と教えてくれた。

「これは冷凍？」聡子が驚いた様に言う。
「はい、冷凍です。でも美味しいでしょう？　生で食べるなら六月か七月ですね」
「温泉のシーズンには食べられないのね」聡子が残念そうに言った。

翌日東京に戻った恭子は、懇意にしている築地の食品問屋（魚八水産）の友川啓一郎に連絡をして、白えびの企画を考えているので、白えびを使った物を生産している業者を探して欲しいと頼んだ。

友川は恭子達の飲み友達で、東京に二人とも居る時は頻繁に居酒屋で飲み会を行っている。飲み仲間には、友川の知り合いで大手の東進百貨店のバイヤー竹ノ内要、食品のネット販売会社大手のワンディのバイヤー大崎秀一、同じく拘り生協自然の会ファーストネットの南浦咲子達いて、この飲み会はお互いの情報を交換する場所にもなっていた。

恭子の提案した白えびの企画は数日後の編集会議で、九月号に白えび特集を企画する事が決定になった。七月には白えび漁を中心に、白えびを使った食品の工場も取材をして、九月号の掲載に間に合わせなければいけない。

早速、友川に連絡をしていた恭子はその後の状況を尋ねると、地元の会社が白海老のかき揚げを造っているとの情報を教えてくれた。

他には白えびの入った煎餅、白えびの入ったチップス、餅菓子、唐揚げなどがあり、それ以外は生販売が多いですと付け加えて教えてくれた。

友川は物知りで、食品業界が長く人脈も多方面に亘っているので、恭子には貴重な存在だった。


【白えび】

白えびは体長五十～八十㎜ほどで、サクラエビよりも大きく、やや左右に平たい体型をしている。

額角はないが複眼の後ろに小さな棘があり、尾の上にも小さな棘がある。

体色は無色透明で僅かにピンクがかっているが、死ぬと乳白色になる。

和名はこの体色に由来する。

サクラエビによく似るが、サクラエビはメスが抱卵せず受精卵を海中に放つ根鰓亜目に属するのに対し、シラエビはメスが卵を腹肢に付着させて保護する抱卵亜目に属する。

日本沿岸の固有種で、日本海側では富山湾、太平洋側では遠州灘、駿河湾、相模湾に分布する。

ただし白えびの商業漁獲が行われるのは富山湾のみである。

深海で群れを作り遊泳する。

昼間は水深百五十〜三百mにいるが、夜は水深百m以浅まで上昇する日周鉛直運動を行う。

食用に漁獲されている富山湾では、神通川や庄川が流れ込んだ先に「藍瓶」(あいがめ)と呼ばれる海底谷があり、そこに白えびが集まっているため、商業捕獲が成り立っている。

生のものは傷みが早く、富山湾以外ではまとまって漁獲できないため、以前は富山県周辺でしか入手できなかったが、二十一世紀初頭には流通網や冷凍技術の発達により生身での流通もある程度可能になった。

殻をむくのが難しかったのだが、一旦冷凍すると素人でもむきやすくなることがわかってから食材として見直され始めた。

「手むき」と「機械むき」があるが、手間がかかるが前者でむかれることが多い。

透明で美しい姿から「富山湾の宝石」と呼ばれている。

出汁だしに使われることが多かった。

特に素麺の出汁を取り、そのまま一緒に食べるのが好まれた。

またサクラエビの代用として食紅で着色し干物にしていたこともあった。

現在も干物はあるが、一般に白えびと称して販売されている。

新鮮なものは、甘味があり、寿司種、天ぷら、吸い物、えび団子、昆布締めなど様々な料理に用いられる。

岩瀬の松月などの料亭で供される福だんごは、一個で二百匹ものエビを使って作られる。丁寧に皮をむき、身を包丁で叩いて片栗粉と塩を混ぜて団子にし、炭火で焼いたもので、もっちりと香ばしい。

富山県では古来食べられてきた鱒の寿しや、昆布巻きなど比べると新参者にあたるが、「白えび天丼」・「白えびのむき身（刺身）」・「白えびせんべい」・「白エビバーガー」など多くの商品が開発され、新たな富山の名物となっている。

金沢市など、石川県でも白えびを利用した料理がよく提供されている。

寿司、天丼など富山県と共通する料理の他に、白えびコロッケなどもある。

二話

通販画報ではその中から、『白海老のかき揚げ』、『白海老の煎餅』の二品に絞り、業者を探す事にした。

数日後、友川の呼びかけでいつものメンバーの竹ノ内、南浦、大崎、恭子の計五人が築地の近くの寿司屋『寿司市』で集合する事になった。

この寿司市には友川が食材を納入している関係で、月に一度は誰かが友川と飲んでいる。

寿司市はチェーン店で、都内に数十店舗存在して、主要な駅近くには必ず存在する。

友川の呼びかけはいつも決まって「良い魚が手に入ったから、みんなで食べましょう」なのだ。

全員が、酒大好き人間で、適当に集って適当に飲み始める仲間であった。その中で友川だけがいつも最初から店に陣取っている。


今夜は、友川の次に竹ノ内が六時過ぎにやって来た。

「友川さん、今夜は誰かお客さんが来られるの？」

細身の竹ノ内が太めの友川の横に座ると益々細く見える。

「今夜は誰も来ませんよ、いつものメンバーだけですよ。美味しいマグロが手に入ったので、ご馳走します！　竹ノ内さんの好きな日本酒も珍しいのが手に入りましたよ！」そう言いながら、冷蔵庫から一升瓶を取り出して持って来た。

「見た事が無い銘柄ですね」瓶を見て竹ノ内が嬉しそうに近づいて来る。

「グラス二つ下さい！　二階に行きます」と厨房に向かって言うと、友川は一升瓶を竹ノ内に手渡し、先に二階に上がって行った。

二階の座敷には五人が座る場所が準備されており、一番に友川が座った。

飲み会の費用は総て友川の驕りで、客達は時々、酒とか食材を持ち寄るのだ。

友川には、『売り上げ』と云うお返しが待っているので、月に一度程度の出費は必要経費だった。

「この魚原価二百円だよ、幾らで買ってくれる？」そう言われて、ここの仲間はリベートを上乗せして友川から仕入れるのだから、商売としては簡単な事だ。

それも商売と云えば商売だが、完全な癒着になっている。

持ちつ持たれつの関係と云えばそうなのだが、酒飲みの懐に飛び込んでいる友川の方が一枚上手なのだろう。

立派な賄賂商法なのだが、バイヤーとか仕入れ担当者と呼ばれる生き物は、とかく自分を忘れてしまう。

例えば大きな会社の仕入れ担当者は、その会社を代表して納入業者と商談しているのだが、納入業者は自分より十歳も二十歳も年下の若造に、ぺこぺこと頭を下げて世辞を言い、話を合わせて貰おうと努力をする。

その行為を何度も経験すると、仕入れ担当者は自分の能力を過信してしまう。

そしていつの日からか、自分がその会社の社長になった様に振る舞う様になってしまい、傲慢になっていき、相手の役職とか会社の規模で相手を測る様になってしまう。

公然と賄賂を要求する仕入れ業者も多数出現する。

友川が行っている事も賄賂になるが、公共の人間では無いので罪にはならない。

飲み友達が集っていつの間にかお互いの利便性と、趣味を満喫する会に変わっているのが実情だった。


東進百貨店バイヤーの竹ノ内が「これは美味いよ！」と、早速グラスに注いで、一口飲んで批評を言った。

美味いのか？　不味いのか？　それはそれほど竹ノ内にとっては問題では無いことだった。

兎に角褒める事を忘れないのが重要なのだ。

最後に一言「もう少し辛口なら、もっと美味いかも？」と付け加えると次回、それに見合った酒を友川が持って来る事を知っている。

普通の商談ではこの様な話は無く、値段が高いとかライバルの商品の方が美味いとかクレームを付けて値引きをさせるのだ。

しばらくして恭子が南浦咲子と一緒に店に入って来た。

「お店の前で咲子と一緒になったの！」と言うと

「ご無沙汰しています」と咲子が会釈をした。

「田辺さんも南浦さんも、これ飲んでみて下さい、珍しいお酒ですよ」

竹ノ内は早速二人に勧める。

「えー、いきなり！　日本酒！　酔っ払いますよ」と言いながらも咲子は微笑みグラスを受け取った。

咲子とは、友川が商談で懇意になり誘ったのが切っ掛けだった。最初は同僚の先輩女性と一緒だったが、退職してしまったので咲子だけが今も続いている。

最初から一人なら絶対にこの様な場には来ないタイプだろうが、顔なじみになったのとお酒が好きで、そして何より仕事の情報が入るので参加していた。

咲子は三十三歳、独身。トレードマークは長い黒髪、化粧は殆どしていないが中々の美人で、この会では人気者。

恭子が金沢聡子を連れて来る事が多く、年齢が近いので話も合うようだった。

三人で工場見学に行った事もあり、その時はカメラマンの聡子に頼まれてモデルとして写真に収まることもあった。

流石に顔を出すのは困るということで、シルエットと後ろ姿だけだったが、長い髪が決まって絵になると聡子は喜んでいた。

「わー、美味しい」一口飲んで嬉しそうに咲子が言った。
咲子も世辞は心得ているので、上手に褒め称える。
恭子も一口飲んで「美味しいわね、何処のお酒ですか？」と尋ねる。
「この酒は富山ですね！」ラベルを見ながら答える友川。
「また、富山なのね、縁があるわ」恭子が呟くと、
「例の白えびですか？」と友川が尋ねた。
「白えびって？　何ですか？」咲子が興味津々で聞いてくる。
恭子が先日行った北陸の山城温泉での話をすると
「面白いですね」今度は、竹ノ内が興味を持って詳しく聞こうとしてきた。
「白えびを使った製品って沢山あるのですか？」咲子が尋ねる。

「いろいろあるようですが、今回は白海老のかき揚げをメインに掲載しようと思っています」

「咲子さんの担当の商品は、かき揚げでしたね?」

「そう、かき揚げです。野菜のかき揚げも海老のかき揚げも売れますよ!　面白そうですね」

と咲子は興味を示した。


話をしているとマグロの刺身が大皿に載せられて、テーブルに運ばれて来た。

「大間のマグロの、大トロ、中トロですよ、当分食べ無くても良い程沢山ありますよ」友川が二皿に別けられたマグロの料理を見て言った。

「本当だわ!　こんなに沢山のマグロのお刺身見た事ないわ」恭子も目を丸くした。


しばらくして、料理でテーブルが一杯になった頃「おー、もう始めているな!」そう言って、ネット通販の大崎が最後にやって来た。

大崎秀一は五十代半ばで、ネット通販サイトで大きく成長したワンディの仕入担当部長。白髪交じりの髪を短く揃えて、がっちりとしたスポーツマンタイプの風貌だ。

若い時から、食品の仕入れ担当をしていて、現在の会社にはヘッドハンティングされて入っていた。

三話

「揃った処で、改めて乾杯しましょうか？」友川がビールをそれぞれのグラスに注ぐ様に促し、口々に「乾杯！」「乾杯！」「乾杯！」と飲み会が始まった。

「これは美味い！」「新鮮だわ！」それぞれがマグロに箸を運び絶賛する。

そして、酒が進むにつれ自然と仕事の話になっていった。

「今度ね、富山湾に取材に行くのよ！」恭子が口火を切ると、大崎が「ホタルイカですか？　僕は昔行きましたよ」と説明を始めた。

このメンバーでは友川の次の年長者が大崎で、彼が話し始めると口をはさむ間もないので、全員が聞き役に徹するしかなくなるのだ。

富山県魚津市周辺の富山湾に出現する蜃気楼はだいたい四月～七月の間に見られます。出現回数はその年によって違いますがね。といっても、肉眼で確認できるものは、ほんのわずかで、そのくらい珍しい現象なのです。

春に見られるのは上位蜃気楼といわれるもので、水平線より上の方向に風景が伸びたり、反転したりして見えます。

こうした虚像は、光の屈折による自然現象で、気温や風などの条件が合致したときに、はじめて生まれます。そして時間や気温、風によって刻々と姿を変えていきます。

そのため、同じ蜃気楼は二度と見られないともいわれる程で貴重ですね。

大崎の話は蜃気楼の話に始まって、ホタルイカの話に進んだ。

海の遙か向こうの景色が、長く伸びたり反転したりして見える「蜃気楼」。

海岸が発光するホタルイカで幻想的な美しさをみせる「ホタルイカの身投げ」。

地元の方でも滅多にお目にかかれない、この時期特有の美しくて不思議な自然現象だ。

ではなぜ、光の屈折で蜃気楼が発生するのでしょうか?

普通、空気の温度はある程度一定なので、光は直進して、私たちの目に届きます。

ところが、空気中の温度の高低差が激しいと、光は空気の冷たい方へと屈折してカーブを描きます。

すると、ちょうどレンズの効果で光が曲がるように、風景が伸びたり反転したりして見えるわけです。

富山湾には立山連峰の雪解け水が流れ込むため、春でも海水が冷たく、周辺の空気も冷えています。

しかし上空の空気に暖かさがあると、上下の温度差が大きくなります。

つまり朝が寒くて日中が暖かいと、蜃気楼が出現する可能性が高くなります。

蜃気楼が出現するの十一時～十六時ごろです。寒暖差の激しい日に発生する確率が高い。

そして、富山湾でこの時期、忘れてはならないのが、ホタルイカです。

ホタルイカの漁期は三月の解禁日から六月まで、まさにいまが旬、美味しいホタルイカを堪能することができますよ。

ホタルイカが海面に現れるのは深夜から未明にかけて、観光船に乗って海上で産卵が見られるのは四月から五月のわずか一か月です。

また、ホタルイカは産卵のためや、あるいは産卵を終えると大量に海岸近くまでやってきて、最後に体を光らせて力尽きます。

これが「ホタルイカの身投げ」といわれるもので、漆黒の海のなかで無数に青光りするさまは、言葉には表せない幻想的な美しさがあります。

五月末まで滑川市を中心に近隣の市で見ることができますが、滅多に見られるわけではありません。

「身投げ」が見られるのは新月の夜が多いといいますが、これも運次第で、タイミングよくお目にかかるのは難しい……。

そこで『ほたるいかミュージアム』に足を運んで、富山湾の生態を知ってみるのはいかがでしょう。

大崎は延々と説明をして、最後はミュージアムの事まで話をした。

「来月行かなければ駄目ですね！　ホタルイカなら」恭子が微笑みながら言う。

大崎が「違うの？」と熱弁の後拍子抜けの様に言った。

大崎の話が終わるころには、既に日本酒の一升瓶は空になって座敷の机の向こうにまで転がっていて、空のビール瓶が整列していた。

竹ノ内と咲子は、焼酎の水割りを飲み始めている。

咲子は頬を赤くして、話を聞きながらもグラスをどんどんと空にして行く。

友川は、各自のグラスを見ながら次々と、氷、水、焼酎を継ぎ足しに忙しく動き回っている。

「もう一つ有名な物があるでしょう？」恭子の頬も赤く染まって色っぽくなっている。

「鱒《ます》、紅ずわい、白えび、するめいか、鰤《ぶり》」大崎は次々と言い。

「当たりです、白えび。特集を考えています」

「漁獲量は年間五百トン以下でしょう？　大量に注文が入ると、足りないと思いますよ」

流石に物知りの大崎は、何でも知っていると感心する恭子。

「私の雑誌での販売数は少ないですから、問題ないでしょう？　他にはかき揚げと煎餅を考えています」

「通販画報さんで掲載されるなら、生協でも扱おうかな？」咲子が赤い顔で言う。

「咲子さんの生協で販売すると、キャパオーバーになるのでは？」そう言って笑う恭子。

この場に居た全員が、通販画報が出版される時期に売るのも良いのでは？　と考える。

恭子の雑誌が発売された翌週を狙って販売すれば、結構な反響になる事をそれぞれが知っていた。

それからしばらく雑談が続いた後「歌いに行きますか？」友川が言い始めると、「待っていいました」と大崎が、いつも行くカラオケスナックに連絡をしている。

いつものお決まりのコースで、二台のタクシーに分乗して新橋の方向に向かった。

「咲子さん！　今夜は遅くなっても良かったの？」恭子が気を使って尋ねる。

「田辺さんが帰られる時、一緒に帰ります」

「私も一曲歌ったら帰ります」

竹ノ内も友川も大崎も歌は上手いし、場慣れをしているので歌い始めると終わらない事は二人共知っていた。

「でもこの飲み会に出ると色々と勉強になります」

「咲子さんは何度目かな?」

「そうですね、もう十回はご馳走になっていますね」

「歌も上手だから、付き合えるのよね！　それにしてもあの人達遊び慣れ過ぎ！」

「でも皆さん紳士ですから、全く恐く無いです！　遅くなってもこの飲み会なら家族も安心しています」

「今度富山に取材に行くのだけれど、時間が合えば一緒に行かない？　カメラマンの金沢と女三人旅も楽しいわよ」

「取材先の白えびを生協でも販売させてもらえますか?」

「我が社の後なら、構わないわよ！」

「明日申請をしてみます、課長の許可が出れば行けます」

浅村課長から信頼されている咲子だから、多分一緒に行けるだろうと思う恭子だった。

　予想通り二次会のカラオケは盛り上がって、男達は十二時を過ぎても帰る様子もないので、恭子と咲子はタクシーで先に帰った。

四話

二日後、咲子が「許可を貰いましたが、菓子担当の森村楓さんと一緒に行く事になりました。宜しいでしょうか？」

「良いわよ、女四人旅も賑やかで良いわ」と喜んで返事をした。

現地には、友川が先に行き取材の段取りを組んで彼女達が来るのを待つことになっている総ての商品は友川の魚八水産経由で、通販画報にも生協ファーストネットにも納品される事になる。

物流も商流も総て、友川にお任せとなるのだ。

その友川は飲み会の数日後、業者との打ち合わせの為に富山に向かった。

友川は、同業で仲間の赤木水産に紹介をして貰い及川製菓に白海老の煎餅の打ち合わせに行き、その足でかき揚げの有限会社坪倉に向かった。

小さな工場に数人のパート従業員が、友川を出迎えてくれた。

古びた工場の応接間兼事務所に入ると、社長の坪倉と奥さんが出迎えてくれたが、この小さな工場の造りと設備では生協の取り扱いは難しいと、直感で判断する友川だった。

だが紹介者の手前、すぐに断る事も出来ないので、手土産を渡して話に入った。

「この地区で白海老のかき揚げを造られているのは、御社だけですか？」

歳は既に七十歳を超えているだろう坪倉は「この地区では我が社だけですね！　細々と販売していますす」


「冷凍の設備はあるのですよね」

「一応古い物ですが、バッチ式の急速凍結庫があります」

「生産量は？　どの位ですか？」

「一日二千枚が限界だと思いますが、魚八水産さんはどれ位ご入り用なのですか？」

「販売先にも関係しますが、来月見学に来るのは通販画報さんです。もう一社、生協ファーストネットのバイヤーの方も来られます」

「規模の大きな生協さんには、我が社では無理でしょう。工場も古いし、設備も追いつきません」

横から奥さんの公恵が「氷見の山の中に行けば、最近大きな工場を持った長島物産が白えびのブームに乗ってかき揚げを始めましたよ！　そこなら器械も大きいし、新しい設備もありますから宜しいのでは？」

「そうですよ、我々は家内工業の域を出ませんから、難しいですね」

坪倉が同業者の長島物産を勧める変な話になってしまった。

紹介してくれた赤木水産の話では、味と品質は坪倉さんが絶対に良いから、特に通販画報さんには坪倉を紹介すると断言されてやって来たが、事務所も工場も老朽化が進みお勧めとは思えなかった。

経営者は老人の域だから無理かと思った友川は困惑をしながらも、長島物産を紹介して貰おうと決心した。

すると「私の紹介では良い顔はしないので、漁業組合の井出さんの名前で尋ねると快く会ってくれると思いますよ」そう言って長島物産の連絡先を教えてくれた。

坪倉を出て早速長島物産に電話をすると「井出さんの紹介なら、今から来て下さい」と快く受けてくれた。

氷見カントリークラブの奥に、長島物産の工場はあり、先程の株式会社坪倉のある海王町とは景色がかなり違っていた。

長島物産に着くと長島社長が玄関先にタクシーが到着するのに合わせて出迎えてくれた。

「築地の魚八水産さんが、白海老のかき揚げを扱われるのですか？」

友川が車を降りるや否や長島社長が嬉しそうに、話し掛けてきた。

早くも歩きながら話が始まった。

「来月我が社の取引先の生協ファーストネットさんと通販画報の方に、取材と工場見学をさせて欲しいのですが？」

「えっ、通販画報さんと生協ファーストネットさんが、白海老のかき揚げを販売されるのですか？」

「はいその予定です」

「生協さんは、相当数販売されるでしょうね」

「拘りがクリアされれば、商談が成立するでしょうね」

「どの様な拘りですか？」

「先ず、原料の野菜、小麦粉等は国産であること、揚げ油は遺伝子組み換えではない分別品、添加物は一切使わない。その様な点ですかね」

「それなら、今の品物と殆ど変わらないですよ」笑顔になる長島社長。

「今造られている商品も、すべて国産原料ですか？」

「もちろん」

それを聞いて安心した友川も大いに乗り気になった。

しばらく話をした後工場を見学させて貰う友川には、先程の坪倉の古びた工場を見た後なので、素晴らしく清潔で近代的に思えた。

この設備と規模なら生協ファーストネットも、満足するだろうと思い来月の見学の約束をして帰京した。

田辺恭子も独自で白海老のかき揚げ工場を調査していた。

地元で人気があるかき揚げ工場は坪倉で、昔から有名で温泉旅館にも土産品として販売している事を知った。

翌月、女性四人は東京から北陸新幹線で富山に向かった。

友川は、みんなが来る前日に行って準備をしていた。その様な気遣いには抜け目の無い男だ。

富山は、北陸新幹線が開通し『かがやき』に乗れば二時間程で到着するので、日帰りも可能な場所になった。

だが友川は宇奈月温泉に宿を準備した。

出張手当の出る範疇に旅費を押さえて差額は自分が負担するのだが、明日行く長島物産に事前に交渉して、旅費の一部を負担させる事も怠りないので、友川は殆ど自分のお金を使わずに、四人には、恩だけ着せることができるのだ。

旅館には長島社長を挨拶に招いて、接待をさせる準備もしている。

長島社長には生協に品物が納入出来るメリットがあるので、損の無い接待になっている。

「三人はお酒が好きなのは知っていますが、生協の菓子担当の女性は判らないのです」友川の事前の報告で長島は温泉の宴会に出して貰う酒も自分で準備をする。

初めて見る森村楓は、去年生協に入った女性で二十四歳。

恭子から、友川に「森村さんは課長のお気に入りだからね、丁寧に扱いなさいよ！」とこっそり言われていた。

それは男女の関係があると云う意味なのか？　よく判らない友川。

宇奈月温泉駅に降り立った森村楓を見ても、その判断に苦しむ友川だった。

五話

南浦咲子の方が年齢は上だが、美人度合いは森村楓とは比較できない程だ。

特に今日の様に化粧をして出張に来た時は美人に見える。

生協で商談の時はジャンパー姿で、殆ど化粧をしていないので素朴な美しさだが、今日の咲子は化粧もして一段と美しい。

楓と浅村課長は親密な仲ではないかと噂が常にあった。

カメラマンの金沢聡子は、今日新幹線で初めて楓に会った様で、聡子が小声で友川に「浅村課長の彼女って聞いたわ」と耳打ちした。


友川は宇奈月温泉駅に着いた四人に「夏の宇奈月温泉を堪能して下さい」とこの温泉の説明をはじめた。

「黒部峡谷の玄関口にあり、富山県随一の規模を誇る温泉郷。

黒部川上流の黒薙温泉から引湯して、一九二三（大正十二）年に開湯以来、多くの文人墨客から愛されてきた歴史があります。

日本一の透明度ともいわれ、黒部川の清流を思わせる無色透明の湯は、肌にやさしい弱アルカリ性単純泉。源泉温度は九十度以上と高く、体の芯から良くあたたまります。

黒部川沿いに建ち並ぶ旅館やホテルからは、四季折々の表情を見せる峡谷の山々を望むことができ、近代的な施設も快適。山峡にありながら日本海が近く、新鮮な海の幸を味わうことができ、峡谷の名水で仕込む地酒や地ビールも絶品です」

「暑い東京から、ここに来ると涼しい気がするわね」恭子が言うと、他の三人も共感し、空気を一杯吸い込む様に深呼吸をした。

「時間があればトロッコ電車に乗れるのに」咲子が残念そうに呟くと、

「仕事ですからね、次、恋人と来た時に」と聡子が言った。

「意地悪ね、私に恋人いない事を知ってて言っているでしょう」そう言って咲子が笑った。

「でも、不思議ですよね、こんな美人の先輩に彼氏がいないなんて?」真顔で楓が言う。

「森村さんは彼氏いるの?」恭子は課長との関係を知っていながら少し嫌味っぽく聞いた。

「勿論いますよ!」と屈託のない明るい笑顔で答えた。


友川が旅館のマイクロバスを誘導して、四人の前に停めた。

宇奈月庵と書かれたマイクロバスを見て、「最高級の旅館だわ」と楓が声を上げた。

勿論出張手当で泊まれる旅館では無い事は直ぐに判る。

恭子達は過去にも友川と工場見学に来ているので友川の接待を知っているが、森村楓は初めてなので驚いていた。

公的機関なら即刻収賄、贈賄になって逮捕だが、民間だから懐に入った友川の勝ちとなる。

同じ値段なら確実に友川から品物は流れる。

多少の価格の違いでも、今は友川から品物が流れるのが夜の会のメンバーだ。

今回の様に、恭子の方から投げかける案件も最近は増えて、友川には自分から商材を捜さなくても商売になっているのだ。

「楓さん、今回の段取りは友川さんが総てして下さったのよ！　事務所には豪華な旅館に泊まった事は内緒よ！」

「は、はい！　言いません！　これが接待と……」森村楓は言葉を飲み込んだ。

それから、バスはゆっくりと駅を離れると車内で、

「到着後、旅館からの眺めも良いので、夕食までゆっくりして下さい」と友川が話した。

「友川さん、坪倉って工場に行くの？」恭子が唐突に尋ねた。

「いいえ、坪倉さんは規模的にも小さいので、生協ファーストネットさんには供給出来ないと言うことで、長島物産に行く予定にしています」友川がそう答えると運転手が「今の話は白海老のかき揚げの事ですか？」

「そうです！」

「坪倉さんのかき揚げは当旅館のメニューにも出していますよ！　手作りで冷凍とは思えない美味しさがあるのですよ」

「旅館の料理で冷凍は珍しいですね」

「締めの料理にかき揚げ丼のミニサイズをお出しするのですよ！　最後にごはんを食べられないお客様が多いので、その様にしているのです」

話の途中で、旅館が見えてきた。「立派な旅館だわ」咲子の声が弾んでいる。

聡子はカメラで車内から旅館の外観を撮影した。

長島物産は元々天ぷらの製造を行っていたが、北陸新幹線延長時に白えびのブームに便乗して工場を増強し、天ぷらからかき揚げの製造ラインを建設した。

その為、今回の生協ファーストネットの話は、どの様な方法でも成立させたい長島社長だった。

長島は白海老のかき揚げの販売を、大阪の金本商事を通じて販売する契約をしていた。

数年前金本商事の社長、金本正和は北陸新幹線の開業で北陸の産物が見直されてブームになると思い視察にやって来た。

その時、白海老のかき揚げを食べて、これは商売になると思い地元の生産者坪倉を訪れ、社屋の改築費用を出すから、金本商事を通じて日本全国に販売しないかと打診をした。

しかし、坪倉夫婦は「白えびは富山湾の宝だ！　地元の人々に食べて頂くだけで充分だ。それと全国的に販売すると資源が枯渇する」そう言って金本の申し出を簡単に断った。

一度目を付けた事に諦める事を知らない金本は、天ぷらで生計を立てていた長島物産に目を付けて交渉をし、資金の提供と同時に独占契約を結んだのだ。

だが、坪倉の造るかき揚げの味が長島には造れなかった。

ある時、坪倉公恵が腰を痛めて従業員を募集したのを見て、三井雅行に技術を盗ませる為に従業員として侵入させた。

今まで長島が知らなかった技術を会得して持ち帰ることはできたが、完全に技術を盗む事は出来なかった。

坪倉孝吉は、その後三井が長島物産に就職したのを知って、抗議に行ったが門前払いになった。

それから、坪倉と長島は口も利かない敬遠の仲になってしまった。

坪倉から完全に技術を盗めなかった長島物産の業績は伸びない。

金本商事は利権を獲ったが、営業には積極的では無く販売には関知しなかった。

その為、長島物産の経営状態は決して良い訳では無かった。

来年には、金本商事に対する返済も始まる。そこに降って湧いた様な大きな生協への納入話は、是が非でも契約を成立させたかった。

その様な裏事情を全く知らない四人の女性は大きな部屋で、夕食の真っ最中。

酔っ払った森村楓が「先輩は綺麗なのに、何故結婚しないのですか？」と呑気に絡んでいた。

六話

「これで、冷凍なの？」食事の終りに並んだかき揚げ丼を一口食べて、恭子が驚いた。

すると咲子もかき揚げを食べ「美味しいわ」と言った。

金沢はその様子を撮影している。

小振りのどんぶりに白えびが跳ねた様に並んで、大葉の緑、人参の赤が綺麗な彩りを醸し出す。

「これが坪倉さんのかき揚げなのね！　どうしても行ってみたいわ」

恭子は明日友川の顔を立てて、長島物産を訪問するが帰りが一日遅れてでも坪倉を訪問したいと思った。

友川は夕飯の席には同席せずに、別の旅館で馴染みの女性と宿泊していた。

家には生協の接待で大変だと言い、東京から女性を呼び寄せて宇奈月温泉を楽しんでいた。

癒着だと思われる事を自ら避けた形だが、抜け目の無い友川は自分の遊びも忘れていない。


翌朝、長島物産の社長がマイクロバスで宇奈月庵の玄関まで迎えに来た。

何故かバスの中には友川が既に乗っていた。

四人が乗り込むと早速長島が「遠路工場見学に来て頂きましてありがとうございます」と挨拶をした。

そして、自分の工場が最近出来た近代的な設備だと強調。

旧来在る地元の工場の老朽化した設備では、生協様の様な大量販売には対応出来ないと力説して、坪倉の名前を出しはしないが違いを強調した。


工場に到着すると自分の工場を見せて、自画自賛をした。

見学の後、かき揚げの試食を勧められた。昨夜のかき揚げとは到底比較にならない程の出来で、冷凍食品そのものの味と食感に四人は顔では微笑んでみせたが、内心は同じ製品には思えないと呟いていた。

咲子が中座してトイレに向かうと、トイレの前で一人の男性に「ここの事務員さん？」と外国訛りのある言葉で話しかけられた。

咲子は自分と同じ位の年齢の男性に「私はここの従業員ではありません」と答えると「すみません、美しい方で驚きました」と笑顔で会釈をして歩いて行った。

この出会いが咲子の運命を大きく変える事になるとは、その時は知る筈も無かった。

「坪倉さんのかき揚げを昨夜食べたのですが？　同じ冷凍とは思えないのですが？」

恭子は思い切って長島社長に疑問をぶつけた。

すると長島は「坪倉さんは家内工業ですからね、手作りで細々と造られていて、添加物も沢山使われていますからね！　当社はこの様なレシピで製造していますので、中々坪倉さんの製品は作れません、いえ間違えました。作りません！」そう言って笑いながら、商品カルテを配布した。

そこに咲子が戻って来て、机の上の商品カルテに目を落とすと「良いですね、遺伝子組み換えで無い分別品の油をお使いでしたか？　これなら我が社の条件はクリアします」そう言って他の部分も読み始める。

「国内産の人参、いんげん、タマネギをお使いですね、小麦粉も国産！　最高です！　外麦の小麦粉は美味しいのですが、ポストハーベストの問題が有りますので、生協では外麦を使わない製品を扱っていますので、合格です」と咲子は嬉しそうに言った。


『ポストハーベストとは？』

ポストハーベスト農薬は収穫後の農産物に使用する殺菌剤、防かび剤などのこと。

ポストとは「後」、ハーベストは「収穫」を意味する。

日本では収穫後の作物にポストハーベスト農薬を使用することは禁止されている。

しかしながら米国をはじめとする諸外国から輸入されている果物等は、収穫後に倉庫や輸送中にカビ等の繁殖を防止するために薬剤が散布されることがある。

日本ではポストハーベスト農薬に類するものとして、防カビ剤（オルトフェニルフェノール、ビフェニル、チアベンダゾール等）および防虫剤ピペロニルブトキシドが食品添加物として認められているが、制度上は国内で認められる「農薬」とは区別されている。

食品衛生法第四条第二項では、「添加物とは、食品の製造の過程において又は食品の加工若しくは保存の目的で、食品に添加、混和、浸潤その他の方法によって使用するものをいう」と定義されている。

しばしば危惧されているのは、これらの薬剤は収穫後に散布されていることである。

それは貨物船の輸送中でもあり、消費者の手元に入る極めて近い段階で薬剤が散布されていることになる。

薬剤の中には、発癌性や催奇形性など人体へ影響を与える疑いのある成分も含まれており、消費者は高濃度（ポストハーベスト農薬の残留度は畑で撒かれる農薬の数百倍との説もある）の残留薬剤の付着した商品を手にしていると消費者団体等を中心にその危険性が指摘されている。

『遺伝子組み換え作物？』

遺伝子組み替え作物は、遺伝子組み替え技術を用いた遺伝的性質の改変が行われた作物である。

日本語では、いくつかの表記が混在している。

「遺伝子組換作物反対派」は遺伝子組み換え作物、厚生労働省などが遺伝子組み替え作物、食品衛生法では組み替えＤＮＡ技術応用作物、農林水産省では遺伝子組み替え農産物などの表記を使うことが多い。

日本の輸入穀類の半量以上は既に遺伝子組み替え作物であるという推定もある。

遺伝子組み替え作物の開発・利用について、賛成派と反対派の間に激しい論争がある。

主な論点は、生態系などへの影響、経済問題、倫理面、食品としての安全性などである。

生態系などへの影響、経済問題に関しては、単一の作物や品種を大規模に栽培することに伴う諸問題を遺伝子組み替え作物特有の問題と混同して議論されることが多い。

食品としての安全性に関して、特定の遺伝子組み替え作物ではなく遺伝子組み替え操作自体が食品としての安全性を損なっているという主張がある。

その様な主張の論拠となっている研究に対し、実験設計の不備やデータ解釈上の誤りを多数指摘した上で科学的根拠が充分に伴っていないとする反論もある。

人間が長きに渡って食べ続けて、どの様な影響が将来起こるのかは立証されていない。

七話

「生協ファーストネットではこの品物は取り扱えると思います」

咲子は商品カルテを見て、自信を深めて断言した。

だが恭子の通販画報が取り扱わないと、この取引は成功しない。咲子は恭子の発言を待った。

「白えびの特集はもう決定だから、九月号で大々的に取り扱います」と恭子は咲子の思いを知って断言した。

その後、手土産を貰った四人は、次の見学場所の煎餅工場に向かうことにした。

森村楓は、かき揚げの時は傍観者だったが、煎餅はお菓子担当の自分が主役なので張り切っている。

工場を出ようとした時玄関前のロビーで先程の男性が咲子を見て、笑顔で会釈をした。

咲子も同じ様にお辞儀をすると、その姿を見て
「知り合いなの？」と恭子が聞いた。

「いいえ、先程挨拶をしただけ」

マイクロバスに乗り込んだ後、男性を目で追うと長島社長と親しそうに並んで工場の奥へと消えていった。

次の煎餅工場の見学が終わると、三時の新幹線で咲子と楓は友川と東京に戻っていった。

三人を駅で見送った後恭子は、

「生協さんは記事を書かないからいいわね、私達は明日漁師さんの取材と撮影で一日潰れるわ」と呟いた。

恭子は時計を見て、「まだ時間があるわね、聡子、坪倉さんに行きましょう」とタクシーを止めて乗り込んだ。

「かき揚げの！　坪倉さん！　まで」と行先を告げると、

「美味いですよね、坪倉のかき揚げは！」とタクシーの運転手が笑顔で言った。

「冷凍で販売もしているの？」

「工場の隣の店で販売していますよ、買いに行くのでしょう？」

時々買いに行く客がいるのだろう？　運転手は上機嫌で車を走らせた。

坪倉に到着すると、工場の脇に小さな小屋があり、その場所でかき揚げを販売している様だった。

中に入ってみると、客が二人いて「これは宇奈月庵に販売しているかき揚げです。少し形がくずれているので、お安くなっていますよ。でも、味は同じでおいしいですよ」そう言って三十歳程の女性が活発に主婦に売り込んでいる。

女性が恭子達を見て「少々お待ちを！」と笑顔で言った。

その女性は、娘の坪倉真希だった。工場の事務をしながら夕方にはここで販売をしているのだ。

「工場の方に用事があるのですが、社長さんはいらっしゃいますか？」

「父のお客様でしたか！　少々お待ち下さい。申し訳ございません、お名前は？」

「通販画報の田辺と申します」

「通販画報？　テレビで……」そう言って驚きながら、社長に電話をしてくれた。

受話器を置くと「外に出られて工場の横にある小さな扉から入って頂ければ、父いると思います」と案内してくれた。

スレートの屋根にブリキの造りで、本当に質素で古びた工場だった。これでは、生協さんのお眼鏡にはとても適合しないと思いながら小さな扉を開いた。

薄暗く狭い通路を「こんにちは！」と言いながら入って行くと前方の扉の向こうから「どうぞ！」と声が聞こえた。

扉の前でヒールを脱ぎ、スリッパに履き替えるが、土足のままでもいい様に思える程だった。

扉を開くと六畳程の事務所兼応接間であろう細長い部屋があった。

お世辞にも綺麗とは思われないソファーがひとつ置かれており、年老いた男が座っていた。

「どうぞ！　お掛け下さい」と腰かけたまま事務の女性が言った。

「私が責任者の坪倉です。そこにいるのが妻の公恵です。通販画報は読んだ事は無いが、テレビのCMでは見たことがあるな」男が微笑みながら言った。

二人は立ったまま「田辺恭子です」「金沢聡子です」と名刺を出して挨拶をした。

坪倉は名刺を見て「まあ、座って下さい」と改めて言った。

「先日誰だったかな？　失礼な男が来たよな」と坪倉が妻の公恵に言った。

「あの男の知り合いか？」と言いながら恭子たちを見た。

「魚八水産の友川って人だわ」机の横の引き出しから名刺を出して公恵が答えた。

「友川さんここにお邪魔されたのですか？」

「ご覧の通りの工場ですから見て直ぐに帰られましたよ！　長島物産を紹介しておきました」

「実は今日、長島物産に行って来たのですが、昨夜宇奈月庵で食べたかき揚げ丼の味が忘れられずにお邪魔しました」

「美味しかったかね」微笑みながら尋ねる。

「はい、それも冷凍と聞いて驚きました。とても冷凍とは思えない味でした」と恭子が絶賛した。

「何を入れて、どの様にしたら、あの様な味しい食感になるのですか？」金沢聡子が聞いた。

「何かを加えていると言うのかね！」と坪倉が怒りをあらわにした。

「膨張剤とか……」と言葉を濁す聡子。

「何も使ってはいない！　素材の味を追求したら、あの味になる！　新鮮な海老を使う為に港の側に工場を構えているから。失礼な人だ！」

「確かに白えびの食感が長島さんの物とは明らかに異なりました」

「当たり前だ、冷凍してある品物と生を一緒にするな！」怒り始める。

「新鮮な海老を手作業で丁寧に作るからあの味になる。大量生産するとどうしてもあの味と触感がだせなくなる。だから、友川さんの話はお断りしたのです」

「通販画報では、御社の白海老のかき揚げを販売させて頂きたいのです」

断言した恭子に金沢聡子は驚いた。

「多くは作れないですよ。それに、先日来た男には関わってもらいたくありません。それでも良いのなら考えても良いです」

「はい、判りました。それでは坪倉さんの取引のある業者さんを紹介下さい。私共の会社は配送設備を持っていませんので、配送業務を行って頂ける業者さんが必要なのです」

「それなら、石川の小さな会社で株式会社戸部って会社を使ってやってくれ！　当社の品物を扱ってくれている冷凍専門の問屋だ」

公恵がメモに戸部の住所と電話番号を書き込み手渡した。

それからしばらく坪倉から商品説明と作り方を聞き、白えびへの情熱が恭子達にもつたわった。いつの間にか和やかな雰囲気に変わった。

坪倉との話がまとまり、帰り際に

「今夜は何処に泊まるのだ！」と坪倉が尋ねた。

「実はまだ決めてないのです。明日漁師さんの取材をするのでこの近くに泊まろうと思っているのですが」

「そうなのか？　それでは近くに良い旅館があるから、紹介しよう。我が家ですがね」

坪倉は恭子が気に入った様子で、自分の自宅に招いてくれた。

坪倉は気に入った人を自分のうちに誘うことが、時々あるので、公恵は、「上等の旅館では無いですがね」と言って微笑んだ。

「助かります。よろしくお願いします」

恭子は自分達が坪倉に気に入られたと思うと、断るのも悪いと思い好意に甘える事にした。

八話

工場とは段違いで、坪倉の自宅は大きくて美しかった。

「旅館では無いが、ゆっくりして下さい」公恵がそう言いながら、二人を自宅に招き入れた。恐縮してしまう二人。

「気に入った人が来ると、直ぐに自宅に泊めるのですよ！　遠慮はしないで下さいね」と公恵は笑いながら慣れたように案内してくれた。

大きな自宅には娘の真希と三人で暮らしているようだった。

恭子は何故坪倉が自分たちを自宅に招いたのか？　不思議に思っていたが、理由は夕食の時に理解出来た。

それは紹介された株式会社戸部は、長女の亜希の嫁ぎ先で、これを機会に通販画報との取引拡大を応援する為に自宅に泊めて懇意になろうとしたのだ。

株式会社戸部は、三年前から長男祐介が冷凍食品の流通部門を立ち上げて、冷凍品を中心に生協、通販、百貨店、健康食品店に販売を始めていた。

元々は地元の旅館に食材を納める問屋業を父守が行っていたが、事業拡大を亜希との結婚を機に祐介が始めたのだ。

坪倉は拘り商品を販売する通販画報と戸部の商売を円滑に行う為に、自宅に呼んで振る舞ったのだ。

戸部の業績を上げる為には通販画報は理想の得意先だった。

お酒が好きな恭子達に新潟の地酒を振る舞って、娘の真希も一緒に深夜まで飲み明かした。

坪倉もお酒が入り饒舌になり、白えびのことを語り始めた。

富山湾特有の、藍瓶（あいがめ）と呼ばれる海底の谷があり、そこに白えびが集まります。

旬の時期は長く、四月の春先から秋も深まる十一月まで。

白えびは、その名のとおり、白色をしていますが、生きているときは、ほぼ無色透明か薄いピンク色をしています。

死ぬと、はじめてあの乳白色になります。

この、生きているときの白えびの透きとおった状態から、富山県では「富山湾の宝石」というキャッチフレーズがつけられ「富山のさかな」に指定されています。

実際に「白えびといえば富山」というイメージがあるのではないでしょうか。

ちなみに「富山のさかな」に指定されているのは三つで「白えび」「ぶり」「ホタルイカ」です。

この、白えびの呼び方には何種類かありますが、こちら富山県では「しろえび」または「ひらたえび」と呼ぶことが多いと思います。

また、白えびは、よく「桜えび」との比較対象になったりしますが、深海を好むところや、体つきや、大きさ（白えびのほう二〜三㎝くらい大きい）は確かに似ていると思います。

しかし、生物としての決定的な違いは「産卵方法」で、桜えびが卵を海中に放出するのに対し、白えびは自分の体に卵をくっつけて抱えたまま保護しています。

これにより、白えびと桜えびは、似ているのですが「えび」の種類の分類が違うみたいです。

白えびは、ふだんは水深百〜三百ｍくらいの深海に住んでいますが、夜間は水深約五十ｍまで上がってくることもあります。

深海を好む白えびは、富山湾だけでなく、日本近海の、わりと水深の深い海（遠州灘、駿河湾、相模湾など）やインド洋、地中海、大西洋にも広く分布していますが、いわゆる「白えび漁」として大々的に漁が行われているのは「富山湾だけ」です。

これには、富山湾の独特の海底地形が関係しています。

まず、富山湾の地形ですが、富山湾の海底は、遠浅ではなく、沖合約十㎞くらいで水深千ｍに達する部分もあるほどの「ものすごい急坂をくだる深海が存在する」という特殊な地形です。

さらに、神通川、庄川などの大きな河川がいくつもあり、その流れ込む先に「藍瓶（あいがめ）」とよばれる富山湾独特の海底谷をつくっています。

この「あいがめ」こそが白えびの好む生息地なのです。

大きな河川の多い富山は、この「あいがめ」が発達し、白えびが多く繁殖しています。

これにより、白えびに最適な環境でありながら、白えびの漁場が海岸から近く、白えびを水揚げしやすい、理想の漁場となるわけです。

しかし、この富山の白えびは、富山湾全域で沢山採れるわけではなく、ほとんどがこの「あいがめ」のあたりでしか採れません。

よって、白えび漁を本格的に行っているのは、そうした発達した「あいがめ」がある、新湊や岩瀬といった地域になります。

そして、そんな最高の条件を備えた白えび漁の発展とともに、白えびに携わる人の情熱に支えられつつ、優れた保存技術や加工技術が生まれ、白えびのおいしい料理方法が考えられ、今日の「白えびといえば富山」というブランドが確立していったのです。

坪倉の白えびに対する情熱が伝わり、坪倉のかき揚げを通販画報で販売すると心に決めた。

翌日は、漁師に話を聞いて記事と写真を数多く撮影して、取材を終えると夕方遅く二人は東京に戻った。

東京に着くと、早速戸部祐介が恭子に電話を掛けてきた。

話し方は情熱に溢れる感じで恭子は好感を持った。

しかし、通販画報に申請をしていない状況なので、早速株式会社戸部の資料を送ってくれる様にお願いをした。

その後友川に通販画報は白海老のかき揚げは長島からは仕入れないと連絡をした。

驚く友川は、白えびを取り扱わないのか？　と危惧した。

通販画報が取り上げなければ、生協ファーストネットも躊躇してしまう危惧があるからだ。

「どうしても、坪倉さんのかき揚げを販売したいのよ」

「えー、あの薄汚い工場の商品を扱うのですか？」

「社長さんは良い方で、それに美味しいわ！　だから今回は申し訳無いけれど、仕入れは難しいわ」

「えー、他に何処か仕入れ先が見つかったのですか？」

「ええ、坪倉さんの紹介で石川県の会社です。本当に申し訳有りません」

恭子は友川の態度に憤慨していたとも言えずに、平身低頭で謝るだけだった。


友川はそれ程売り上げ的には多く無いが、通販画報に掲載されない事実は長島物産に対して大きな痛手になると思い、直ぐにネット販売のワンディの大崎に泣きついた。

「友川さんが困っているのなら、仕方が無い！　助けるけれど、俺も工場を見に富山に行かなければな」と意味深に友川を見た。

「判っています、準備をします」

「結局、通販画報さんは白えびの企画を辞めたのか？」

「いいえ、地元の薄汚れた工場の商品を売るらしいですよ！　長島物産に決めていたのに。あのおばさんの我が儘にも困りますよ！」一気に豹変する友川だった。

九話

大崎は友川に工場見学と言う名目で接待を要求していたのだ。

友川は阿吽の呼吸で理解しているが、色々な見学場所で酒、食事とで充分接待をしているので、今回は久々に女を要求していると考えた。

竹ノ内、友川、大崎に共通するのは酒好き、旅行好き、女好きで南浦咲子と恭子が参加しない地方の工場見学では必ず女と遊んでいた。

三人の女遊びの鉄則は、地方で遊びその場限りの付き合いの女性で引きずらない事だ。

だが、友川は最近東京のキャバクラで知り合った女性に入れ込んでいて、先日も宇奈月温泉に呼んでいた程だった。

早速長島物産の社長に電話で事情を伝えると、通販画報では話題性はあるが、販売力が無いとの情報を掴んでいたので、ネット販売大手のワンディなら願ったり、叶ったりですと二つ返事で承諾してくれた。

「工場見学にワンディの方をお連れしますので、その際は接待の方もよろしくお願いいたします」

「それと、言い難いのですが、バイヤーの方が飲むと遊び相手を……」と言葉を濁す友川

「判りました、当方で準備致します！　友川さんとは今後のお付き合いも御座いますからお任せ下さい」

「面食いなので、その辺りもよろしくお願いします」

「はい、心得て置きます、日程が決まりましたら連絡を下さい」と電話が終わった。

恭子の方は、「白海老煎餅の取り扱いも何処かに変更した方が良いのか？」と思う程友川の恭子に対しての態度が一変してしまったが、このまま疎遠になると他の人達とも疎遠になってしまうと困るので、そのまま煎餅の取り扱いは友川にお願いしていた。

数日後、咲子から友川に来週の会社での会議の前にもう一度長島物産を訪問して、原材料の油、粉、野菜の産地を細かく調べたいと連絡があった。

長島物産に行く際はお菓子担当の森村楓と上司の浅村課長が野村製菓に行く予定があるので、その前に咲子と一緒に訪問するとのことだった。日帰りでの訪問なので、先方に連絡さえして頂ければそれで充分です。と付け加えられた。

それを聞いた友川は直ぐに、長島物産に連絡をして、生協ファーストネットに合う原料を調べる準備を依頼した。

「浅村課長と森村は日帰り？」

浅村課長と森村には社内で噂があったことを覚えていた友川は、今後の商売の手段に使う為に密かに探らせる事も忘れなかった。

浅村課長は来期には部長の声が高い出世候補の一番手だから、秘密を握る事は友川にとって大きな次の一手になるのだ。

今は咲子を手の内に入れて商売をしているが、結婚でもして退社をしてしまったら、浅村課長のスキャンダルの証拠を掴む事は不可欠だと考えた。

ワンディの大崎から工場見学に行くのは、来月初めとの連絡が来ると、友川は直ぐに長島社長に接待をお願いした。

本当は生協の三人が長島物産を訪問する時も一緒に行きたいが、今回は遠慮して浅村課長を泳がせようと考えた。

翌週、生協の三人は朝早い新幹線に乗って富山に九時半過ぎに到着した。

「日帰りは辛いけれど、新幹線がない時なら絶対に不可能な距離だったよな！」とホームに降り立った浅村課長は背伸びをしながら言った。

駅前に車で迎えに来ていた長島物産の社長が三人を見つけると「ご苦労様です」と深々とお辞儀をした。

「社長様直々のお出迎えありがとうございます」と浅村課長が頭を下げながら名刺を差し出した。

長島物産の社長との挨拶が終わったので、森村楓とすぐにでも次に行きたい浅村課長だが、咲子の手前、この場を去る訳にもいかなかったので、一緒に工場へと向かった。


浅村課長は若くて胸の大きな新人を見ると、直ぐにモーションを掛ける事で有名だった。

森村楓は顔はともかく胸がEカップは確実、咲子は逆に、美人だが貧乳の部類に入るので浅村課長の眼中には入らなかった様だ。

咲子も二人の関係は知っているが、知らない振りをしていた。

別に不倫でもないので、生協内でとやかく言う人はいないが、ただ、社内での二人の行動に呆れているだけなのだ。

浅村課長は五十歳半ば、離婚歴有りで子供はいない。

過去にも課長と噂のあった女性職員は数名いたが、何故か噂になって一年程経つとすべての女性が退職していった。

今回の森村楓とも既に噂になって半年以上の時間が過ぎていた。

長島物産に到着した三人は応接間に通された。

咲子は工場の品質管理責任者との打ち合わせと、工場の目視検査の為に着替えるので応接間を出た。


「こんにちは！」と前方から男が笑顔で挨拶をしてきたので会釈をすると、「また会いましたね」と話しかけてきた。

「あの？　何方でしたか？」不思議そうに尋ねる咲子に「少し前に会いました。私は美しい方を一度見ると忘れませんから」と言った。

「この前は事務員さんと間違えてしまい大変失礼いたしました」

そう言われて初めて咲子は思い出した。

「私は台湾から来ました陳と申します。よろしくお願いします」と名刺を差し出した。

咲子は出された名刺を受け取って「南浦です」と小さな声で答えた。

「私も貴女の名刺が欲しいです」と言われ、咲子は仕方無く自分の名刺を差し出した。

陳は名刺を受け取ると流暢な日本語で「二回も会うなんて、縁を感じます」と言い、咲子の長い髪にさりげなく触れた。

「本当に素敵な黒髪です、咲子さんに会って初めて大和撫子に会えた気がします」

「そ、それはありがとうございます」

突然の陳の行動に戸惑った咲子は「私、品質管理の方と打ち合わせがありますので、失礼します」そう言ってその場から去った。

咲子は後ろから「咲子さん、また仕事でお会いしましょう」と陳の声が聞こえたが振り向かなかった。

「仕事で？　この会社で仕事をされているのかな？　最近は外国人の労働者を採用している会社が多いから、でも品質管理の人には見えないし、感じは営業マンかな？」などと思ったが、その時の咲子は陳に対して何の興味も感じていなかった。

十話

変な外国人に声を掛けられたと思いながらも、歯の浮く様な言葉が耳に残った。

咲子は、着替えた後品質管理の部屋に向かった。

咲子が品質管理の人と打ち合わせをしている間に浅村課長達も、工場の中を簡単にだが案内された。清潔で新しい設備に満足をした浅村課長は、品質管理室を覗いて咲子に先に帰ると伝えると、森村と一緒に長島物産を後にした。

二人は野村製菓の見学の後は、宇奈月温泉に宿泊して、翌日はトロッコ列車に乗って楽しむ予定にしていることを咲子は知っていた。

咲子は、二人行動をほぼ察知していたが、詮索もしないし来週まで二人に連絡をするつもりも無かった。

だが、この二人の行動に興味があったのは友川だった。友川に頼まれた長島社長が、知り合いを使って尾行を行っていた。


昼休みになると品質管理の大山課長が「美味しいところがあるのでご一緒にいかがですか」と咲子を近くの日本料理屋に誘った。

日本料理屋に入って、咲子は大山課長に勧められて定食を注文した。

トイレに行こうと席を立つと、突然、肩をポンと叩かれた。振り返ると「またお会いできましたね。僕たちは縁があるのですね」そう言って微笑む陳がいた。

スーツではなくラフなTシャツ姿だった。今まで気が付かなかったが、筋肉質の身体で胸板が厚く腕の筋肉は眩しい程に隆々としていた。

「咲子さんは何方かとご一緒ですか？」

「はい、品質管理の課長さんと一緒に来ています」

「おお、大山課長さんね、僕も同席しても良いですか？」

「大山課長さんをよくご存じなのですか？」

そう言うと陳は大きく頷いてから「では、後程」と言って去っていった。

咲子は陳の名刺を改めて見直した。亀山有限公司、総経理、陳樹時と書いてある。

総経理って？　経理の課長？　と考えながら席に戻ると、笑顔で大山課長と話している陳の姿が目に入った。

「南浦さんが陳社長とお知り合いだったとは驚きました」と笑顔で大山課長が言うので仕方なく咲子は「ええ」と答えた。

総経理が社長だと知って、大山課長が低姿勢になっているのも納得が出来た。

でも自分と年齢が変わらないのに、社長なんて相当なやり手なのだと陳に興味を持った。

咲子の横に座った陳の太い腕が、時々咲子の身体に触れる。

元々逞しい男性がタイプであった咲子は、悪い気はしなかった。

陳の話が台湾の観光の話になると、咲子はますます興味を示した。

昼食を終えて、会社に戻ると白海老のかき揚げの材料の確認を長島社長に行った。菜種油の分別品を使用、国産の小麦粉、人参は九州宮崎産、インゲンとタマネギは北海道産と書かれた資料が準備されていたので、咲子は「これだけの材料を使って頂ければ、取り扱いには全く支障はありません、後は価格面の問題になりますが、見積もりは友川さんの魚八水産ですね」と言った。

「はい、友川さんには出来るだけ特別価格で見積もりを入れておきますのでよろしくお願いします」

総ての打ち合わせが終わったのが、新幹線の発車時刻のぎりぎりになってしまったので、大山課長が富山駅まで咲子を送ってくれた。

新幹線の時間を確かめて、ホームに駆け上がると、丁度ホームに車両が滑り込んで来た。ぎりぎりで乗り込めたが、自由席は殆ど満席になっていたので、咲子は席を捜して車内を歩いた。

その時「咲子さん」と後ろから声を掛けられて、振り向くと陳が微笑んでいた。

「陳社長もこの電車だったのですか？　満席ですね」

「向こうの車両に行きませんか？」

「向こうは空いていますか？」そう言いながら陳の後を付いて行く。

「時間が判っていたら、指定にしたのですが」と言いながら、指定車両を抜けると自由席があると思った。

「自由席はもっと後ろですか?」

陳は次々と車両を抜けて行く、荷物がなくてよかったと思いながら歩いていると「着きました」と陳が言った。

そこは、後方のグリーン車だった。

「ここグリーンですよ」驚いて言うと「はい、ここの5A座席です」そう言って席を指さした。

「えー」と驚くと、もう一枚の切符を見せて「これは5B僕の席です」と言った。

何故?　と疑問に思っていると「座って、座って」そう言って、咲子の身体を押して座らせた。

陳は、大山課長に事前に富山駅への到着時間を聞いて、咲子を自由席で待っていたのだ。

大山課長は度々台湾旅行に招待されていたので、陳のお願いを無視出来ないので教えていた。

「ありがとうございます、グリーン車って高いのに申し訳ありません。私がこの新幹線に乗ることを御存じだったのですか?」

「大山課長に聞きました。この新幹線の時間に間に合えばと賭けてみました。私も東京に行くのに、一人より二人の方が楽しいし、咲子さんと一緒なら尚更です」と言った。

そして、車内販売のお弁当とビールを買って二人で楽しく過ごした。

喉が渇いていた咲子はビールを一気に飲み干した。

「美味しい！　仕事終わりは、やっぱりビールが一番ですね」

陳は急いで二本のビールを買って来てくれた。

「ありがとうございます、酒飲み女で驚いたでしょう？」

「いいえ、少し頬が赤くなって色っぽくって一層お綺麗です」

咲子は褒められて気を良くしたのとお酒の勢いで、陳のプライベートな話まで尋ねた。

年齢は思っていた通り咲子と同じで、三か月だけ陳が年上だった。結婚はしていない。同じ年齢と言うだけで咲子はより親近感を抱いた。仕事は、食品の輸出入を行っていると教えてくれた。

その後も話は弾んだが、お酒の影響か東京駅に到着の頃には太い陳の腕にもたれて眠っていた。

咲子には筋肉隆々な腕に抱かれたいという昔からの願望があったので、夢の中で満足をしていた。

東京駅到着の寸前で目覚めた咲子は「すみません、眠ってしまって」と顔を真っ赤にして謝った。

「咲子さん、品川に宿泊したいのですが？　今からホテルあるでしょうか？」新幹線を降りると陳が聞いてきた。

「品川方面なら、私も同じですから一緒に行きましょう」

偶然同じ方向だと思っていた咲子だったが、陳は、事前に咲子の自宅を調べていて、咲子の自宅近くのホテルに泊まろうと思っていたのだ。

十一話

陳の泊まるホテルを探すために品川駅から高輪口に二人は向かった。

週末の駅は混雑していて二人が離れてしまいそうになったので、大きなキャリーバッグを持っていた陳の反対の手を繋いだ。

混雑した改札を出てエスカレーターに乗っても、今度は陳が手を離さない。

「どんなホテルが良いですか？　この辺りには結構沢山ホテルがありますよ」

「何処でも良いですよ、二晩泊まれたら良いです！　一人だからね」陳はそう言って咲子を見た。

ホテルを見つけ交渉をするが、一軒目は満室で断られてしまった。二軒目に行くと、高級な部屋なら二泊は大丈夫だと言われたので、陳に確認すると、陳はそこに泊まると決めた。

チェックインのフロントの横に、バーがあるのを見つけた陳は「一杯飲んでから帰りませんか？」と誘った。

「もう十時過ぎていますから……」と断る咲子の手を握って、強引に店に入った。

お酒が好きな咲子は「一杯だけなら良いか？　ここからだったら、歩いても小さな丘を越えて十五分で自宅に着く」と思い椅子に腰掛けた。

雑談をしながら一杯だけのつもりが、二杯目を飲み干していた。

「あら、十一時過ぎているわ、帰らないと」そう言って立ち上がった。

「ここから近いのですか？」

「はい、歩いて十五分程です。本当にお世話になりました。沢山ご馳走して頂いてありがとうございました」丁寧にお辞儀をすると玄関の方に歩いて行く。

その後を追い掛けて来て「送ります」と咲子の肩を抱いた。

薄暗い公園の方に歩いて行く咲子に「こんな暗い場所を一人で、危ないですよ」そう言いながら一緒に歩いてくれた。

しばらくして、公園を抜け「自宅は目の前……」

陳が突然咲子の言葉を遮るように抱き寄せ咲子の唇を奪った。

嫌いではなかった咲子は分厚い胸板と太い腕に抱かれて身を任せた。


咲子はこの五年間一度も男性とは付き合っていなかった。

生協に入った時、学生時代からお付き合いをしていた男性と別れ、その後付き合った男性と結婚間近だったが、仕事を辞めて欲しいと言われて、仕事を選んで破談になった経験があった。

咲子は陳に思いを残して、二人は自宅前で別れた。

十一話

翌日、咲子とキスが出来た事で自信を深めた陳は、夕方食事に来ませんかと誘った。

躊躇する咲子に、明後日台湾に帰りますので、当分会えなくなると訴えた。

好意を持っていた咲子はその言葉に、陳の泊まっているホテルに行く事を了解した。

夕方、着飾って来た咲子を見ると「今夜の咲子さんは最高に美しい、僕は幸せだ」と大げさに陳は言った。

お酒が入ると一層、陳の甘い言葉はエスカレートしていった。

日本の男性では絶対に言わない言葉を囁いてくれる。咲子も陳に対して好意を持っていたので、日本人には絶対に無い優しさを感じた。

「今度日本に来られるのはいつですか?」

「それが、今回帰ると中々日本に来る事が出来ないのです。仕事でアメリカに行くので、次回日本に来られるのは、来年になってしまいます」

「えっ、来年まで……」と言葉に詰まる咲子は陳と会えなくなってしまうと心が揺れた。

陳は、本当はアメリカに行く予定はなかった。咲子の気を引くための陳の作戦だった。

食事が終わる頃、陳が「とても眺めも良く、広く落ち着いたとても良い部屋でしたよ」と自分が宿泊している部屋の話を始めた。大きなダブルベッドに三人は入れるくらいのお風呂、ベッドを入れれば寝られるクローゼットと説明した。

「そんなに素晴らしい部屋なの?」そう言って興味を持った。

「見にきますか?　驚きますよ!　ジャグジーも付いています」

「えージャグジーまで、幾らの部屋だったの?」

「一泊七万って書いていました」

「えー、七万!」驚きの声を出して思わず口を押さえる咲子。

食事の後、酔った勢いもあって、部屋を見るということで自分を納得させた咲子は陳に付いて部屋に向かった。

内心二人は同じ思いだった。咲子は来年まで会えない寂しさでこのまま抱かれてしまおうか？　あの太い腕と厚い胸板に魅力を感じながら部屋に入った。

「わー、凄いですね！　これがクローゼット！　広い」驚く咲子。

「ここがお風呂です」と扉を開いて見せると「広いですね、浴槽が大きいわ、ほんとうに三人入れますね」とはしゃぐ咲子。

すると陳が咲子の肩を持って身体を引き寄せ、昨夜の続きの様にキスを迫った。

「咲子さん、素敵です！　僕はずーと貴女の様な女性を捜していました」そう言って唇を合わせる。

昨夜の余韻が戻る咲子は、そのまま陳に身体を預けてしまい、二人は結ばれた。

しばらくして、大きな浴槽に入る二人。

シャワーで濡れた咲子の長い髪を、陳はベッド隣に座ってドライヤーで乾かした。

咲子は、今までの付き合った男性で、この様な優しい人はいなかったと昔を思い返した。

SEXが目的の最初の男、束縛が好きな二番目の男、二人共自分が満足すれば相手にしない男だったと思い出していた。

「乾いたよ！」と微笑む笑顔がそこにあった。

ボディビルをしていた胸板は、咲子の予想よりも分厚く、抱かれた時は陶酔の世界だった。

昔からの憧れの身体に抱かれて燃えた咲子は、陳を好きになっていた。

愛を確かめることができた陳は、翌日台湾に帰っていった。見送りに咲子が空港まで一緒に行ったのは当然のなり行きだった。

陳が台湾に帰ってからは、一日に数十通のメールが咲子に届いた。咲子は毎日が幸せだった。

そんな咲子の姿は、同僚が「何か良い事あったの?」「彼氏が出来たか?」「遅い春が来たのか?」などと冷やかすほどだった。

咲子の家は国際結婚を許す様な家では無かった。

毎日送られてくる熱いメールに本気で結婚の事を考え始める咲子は、遠回しに「国際結婚とか憧れるわ!」などと言って家族の気持ちを探ってみた。

しかし「本気でその様な事を考えないでよ! 少し婚期が遅れただけで、無茶は駄目よ!」即否定され、「青い目の孫は要らないからな!」と両親に釘を刺されてしまった。前途多難だったが、毎日の熱いメールと抱かれた時の感動が陳への思いをさらに募らせていった。

十二話

陳は台湾に帰ると日本の女性と付き合っていると吹聴していると、知人に流石は総経理と冷やかされてますます有頂天になっていた。

台湾では今も多くの人が日本に憧れを持っているので、陳は羨望の的になっていた。

陳は、毎日何十通とメールを送って、咲子の気持ちを掴もうとしていた。


その頃、友川の元に長島社長から浅川課長と森村楓の楽しそうな写真が送られてきた。

トロッコ列車に乗っている二人、宇奈月温泉で寛ぐ二人の姿を写した数十枚の写真である。

これは今後の商売に使えると友川は思ったが、長島社長も同様に思っていた。


恭子には問題が起きていた。

通販画報の審査部から株式会社戸部との取引が出来ないと連絡があったのだ。

小さい会社で財務状況が芳しくないとの調査結果が原因だった。

経理と話し合った結果、現在取引のある会社の帳合いにすれば取引は可能だと言われた。

そうなれば多少利益を落とさなければならなかったが、恭子はどうしても坪倉の商品の味を諦めることができなかったのだ。それに九月号の締め切りまで時間もなかったので、今更中止にすることは出来ない。

坪倉に戸部以外の会社を紹介しても、首を縦には振らないだろうし、今更友川の会社に頼めないと思う恭子は、他に手立てが思いつかずに困り果てていた。

数日後、咲子が通販画報の白海老のかき揚げと煎餅の売価を尋ねるためにやってきた。

恭子はまだ値段が決まっていないが、帳合いが沢山入るので高くなると教えていたが、咲子から聞いた値段と大きな差があるとわかり驚いた。

通販画報で扱う坪倉のかき揚げと生協で扱う長島物産のかき揚げの値段が異なり過ぎていた。生協の三枚入りを、二枚入りに変えて、五袋セットでの販売に変更してもらわなければ値段の格差をなくすのは難しいと恭子は考えた。

他の手立てとして、坪倉のかき揚げの価格を下げるためには取引先を変更するしかなかった。恭子は、戸部以外の取引先に変更できないかとダメ元で坪倉に連絡してみたが、予想した通り坪倉は戸部以外なら販売はしないと頑なに言った。

数日後、東京の商社ミズタの帳合いが入る事でどうにか通販画報で坪倉のかき揚げが扱えることが決まった。

坪倉で製造されたかき揚げは、戸部の倉庫から通販画報のお客様に発送されるが、伝票は坪倉から戸部へそして、ミズタを経由してから通販画報に来るという流れになった。

ミズタが入ることによって五パーセントのリベートが上乗せされた価格は、先日聞いた咲子の生協の値段と比較すると倍近く高い。

その上、生協では自社の車で大量に配送できるが、通販画報は個人宅配になるので、配送料が更に上乗せされる。

これだけの価格差でも読者に購入してもらうためには、今まで以上に購入意欲が湧く文章が必要だと、写真と共にキャッチコピーに知恵を絞る恭子達だった。

唯一、助かるのは、生協の販売は自分達の雑誌が販売されて、半月以上経過してからなので比較が遅れることだった。

味は絶品なのだが、もう一つ価格の違いを、押し上げる何かを探す必要があると思った恭子は、改めて坪倉に取材をさせてもらおうと電話をした。

「冷凍の海老を使うのが一般的だが、私の工場では生の海老を使っている。粉はもちろん国産を使い、野菜も九州の人参、淡路島のタマネギ、北海道のインゲンとこだわっている。揚げるのに使っているのは菜種油で、分別した遺伝子組み換えの無い油だが、その中でも選りすぐりの油を使っている。膨張剤を使わずにふっくら揚げる事は中々難しいのだよ！　一番の決め手はやっぱり手作りにこだわっていることだな」そう言って、商品へのこだわりと情熱を語ってくれた。

確かに白えびの殻を剝くのが非常に困難だったが、冷凍にする事で簡単に殻を剝く事が出来る様になり大量生産が可能になったのだ。しかし、味は生のまま加工する方が断然美味しいのだった。

「これだ。やっぱりこれしかない。生の海老を使い一つ一つ愛情を持って手作りで作る職人でしか出せない味」これで勝負しようと恭子は決めた。

八月の末、通販画報に白えびが掲載される数日前のこと。突然「咲子！　今、羽田空港に着いたよ！」と台湾の陳から連絡があり咲子を驚かせた。

「どうしたの？　アメリカに行ったのではなかったの？」

「咲子に会いたくて、帰って来た！　夕方に会えないかな？」

「急に言われても……」家族に陳との交際を反対されていた咲子は言葉を詰まらせた。

しかし、咲子は会いたい気持ちを抑えきれなかった。

「前回のホテルに予約出来たから、来て欲しい」

そう言われて我慢が出来なくなった咲子は「わかったわ」と答えると、自宅に電話をして「トラブルが発生して、今から急遽北陸に行くことになった」と嘘をついた。

「えー、例の白えびで?」母親が尋ねると「そうなの、駄目な会社よ!　失敗が多いの」そう言って誤魔化した。


陳もアメリカの話は嘘で、今日、突然日本に来た事も咲子の気を引くための作戦の一つだった。

陳は咲子の黒髪が長く清楚な感じが気に入っていた。

茶髪が多い中での咲子の黒髪は、日本女性の見本の様に見えていたのだ。

年齢も同じで理想の女性。

咲子のことを両親に話すと「お前は宝だね!　会社は大きくなったし、これで嫁が日本人なら最高だ!　漁師の息子が一躍スターだ」と褒め称えられた。

十二話

夕方ホテルで食事をして、そのまま部屋に誘うつもりの陳。

咲子も陳の身体が忘れられなかった。あの分厚い胸板、太い腕に抱かれた気分は陶酔の世界だ。当分会えないと思っていたのに、陳が急に来てくれたので、天にも昇った心境だった。三十歳を過ぎた咲子はこの陳との恋愛を逃がせば、一生独身なのではと度々考えていた。

しかし、このまま結婚まで進むのは難しい。両親が絶対に反対する事は判っている。

食事の最中「咲子さん、一度私の両親に会いに来て頂けませんか?」と陳が話し始めた。

両親に会う! それは結婚を申し込まれたと解釈する咲子。

その夜のベッドで、咲子は最高に燃えた。

プロポーズされた嬉しさで「はい、一度台湾に行きたいと思います。連れて行って下さい」と囁いていた。

十三話

友川は、ネット販売大手ワンディの大崎を連れて長島物産の工場見学にやって来た。

工場見学とは名ばかりで、午後からやってきた二人は見学も早々に終わると、長島社長の案内で宇奈月温泉の旅館に入った。

部屋は一人一部屋になっていた。友川と大崎の部屋は少し離れている。

旅の宿黒部は宇奈月庵よりはレベルが落ちるが、事情を考慮すると致し方無かった。

早速、大浴場に入った二人。

「この温泉には芸者はいないだろう？」と大崎が言う。

「多分居ないと思いますね、デリヘルでも呼んでくれるのかな？」

「俺は嫌いだぞ」

「知っていますよ、部長がデリヘルとかソープは嫌いだと話しましたから、大丈夫だと思いますよ」

「そうだよな、確かに一人一部屋で、それ程高級旅館でも無いから、融通が利くのだろうな！」

「部長、この様な田舎ですから期待は禁物ですよ」

「判っているよ！　期待はしていないよ」そう言って笑うと、小さな露天風呂に向かった。

客が三人入って来たので、話を終わらせた二人だった。


風呂から上がると、長島社長の案内で十人程度入れる小宴会場に入った。

「大崎部長上座にどうぞ」と長島社長は大崎を上座に座らせた。

宴会の席で長島が「お気に召すか判りませんが、今夜は外人の女性を二名準備しています。

日本語は殆ど判りませんが、十代の可愛い子ですので、気に入られたらそのまま朝までご一緒にどうぞ」

「えー外人って？　白人か？」友川が尋ねる。

「はい、ウクライナの少女です」と言って長島は、すぐさま部屋を出て可愛い少女二人を連れて戻ってきた。

一目見ただけで、若いて可愛いく色が白いのが判った二人は気に入った様子。

その子らが横に座ると早速ビールを注いで「乾杯」「乾杯」「乾杯」と上機嫌だ。

「年齢は十八歳です」と二人が片言の日本語で話すと小声で友川が「私は初めてですよ！　部長は？」と尋ねた。

大崎は手で大きく無いと友川に伝えて、二人は生まれて初めて白人女性とのＳＥＸを楽しめると嬉しそうだった。


ネット販売のワンディは、生協の様に販売までの間が必要ではない。半月も有れば充分に販売のテーブルに載せる事が出来る。

長島は大崎が上機嫌になった時を見計らって、毎月定期的に販売して欲しいと話すと、それなら最初に特価を出して、倉庫に在庫を常時置いておき、ネット通販の通常品として販売しましょうと言った。

「当社も遺伝子組み換えが五パーセント以上入っていると、取り扱いが出来なく、油が総て不分別なら七パーセントになるが、そこのところは大丈夫ですか？」

「大丈夫です、生協ファーストネットと同じ仕様に致しますので、問題は無いと思います」

「咲ちゃんの生協と同じなら問題は無い。当社は遺伝子組み換えと添加物には規定が有るが、それ以外は海外の品でも大丈夫ですよ」

それを聞いた長島は「ワンディさんは海外原料も、良いのですか？」と確認した。

その言葉は長島社長には心強かった。


その後友川と大崎はお酒も適当に飲むと、お互い横に座った女性を連れて部屋に帰っていった。

翌日二人共お疲れの様子で、朝食を食べたのは九時を過ぎていたと旅館から聞いた長島は、完璧に手の内に入れたと、今後の売り上げに期待を寄せた。


長島には翌日もう一つ朗報が届いた。

それは陳が生協のバイヤー南浦咲子と親密な交際をしている事実だ。

確かに美人ではあるが、あの生協のバイヤーが台湾人と深い関係になるとは考えてもいなかった。

ここでも今後の売り上げに期待が持てると、長島はほくそ笑んでいた。

早急に売り上げを上げなければ、金本商店が痺れを切らして取り立てに来てしまう。

今回の契約も表向きは友川の魚八水産からの仕入れになっているが、魚八水産の前に金本商事が帳合いとなってリベートを抜くのだ。

金本商事の金本正和はお金に目鼻の付いた様な男で、義理も人情も無い男だった。

長島物産は九州のマルヒンと云う会社から、調味料等の仕入れを行っていた。

長島は、マルヒンの北陸支店長藪田に対して東京本社の生協ファーストネットが白海老のかき揚げを販売することに決まったと自慢話をすると、これからは白海老のかき揚げが大ブームになると鼻息を荒くした。

ワンディの大崎達が満足して帰ったので、今度はワンディの自慢話を藪田にした。

「これからは以前の数倍の調味料、膨張剤、小麦粉が必要になります」

「今の間にマルヒンさんも当社に投資されませんか?」と切り出した。

売り上げが上がっても、利益を得る前に金本商事の返済が始まる。材料の仕入れの資金も必要になった長島は、自分の持っている自社株を仕入れ先であるマルヒンに売却することを考えたのだ。

マルヒン株式会社は店頭市場に上場している会社で、知名度も高く長島物産の将来を考えても損は無い。

妻と自分の母親名義の株を総て売ってでも、マルヒンに株主として入って貰うことは、会社の権威も上がるので得策と考えた。

金本商事には増資で三割の株式が渡っているが、残りの株式でも四割以上あるので、丁度分散した形になり、筆頭株主は依然として自分で安泰、四割の株式は自分が持ち、残りの一割未満を取引先と知人、社員が持っている。

毎日、藪田に会う度に、これからの売り上げの上昇を聞かせて投資を促すが、藪田からは「本社の考えですから私では何とも」と渋い答えしかもらえないので、長島は仕方なく当面の資金の繋ぎとしてノンバンクで借りる事にした。

陳は日本にいる時は、長島物産と品川を往来して、咲子とのデートを楽しむ日々を過ごしていた。

咲子は両親に外国人良さを話そうとするが、中々機会が無かった。

十月の連休には台湾に一緒に行こうと咲子に言って陳は台湾に帰って行った。

通販画報の九月号が発売されると、恭子が思っていた以上の注文が殺到した。

坪倉には大量の注文が舞い込み、社長の孝吉はパートも家族も総出で昼夜決行のかき揚げ作りを行うことになった。

恭子の見込みで当初の予想数は既に作っていたが、それには到底足りない反響の大きさに孝吉は驚いたのだった。

十四話

「田辺君、大当たりだったな！」上機嫌に編集長が言った。

「はい。でも、最初の注文の分も予想以上で、製造が間に合っていないのです」

「それは大丈夫だ。今、読者にはオペレーターが、製造待ちだと説明をしている」

「編集長！　私はそれよりも食べられた方が、再度注文される事が心配です」

「そんなに美味しいのか？」

「そうです、私が初めて旅館で食べた物とは多少違いますが、殆ど一流旅館の物と変わらないと思いますので、リピートが製造出来るかが心配です！　もう生の海老も入荷が少ないと坪倉社長がおっしゃっていましたから」

「冷凍の海老では駄目か！」

「坪倉さんは、自分で冷凍した海老は使うが、他からは買わないと言われていましたから……」と声が小さくなる。

その時、恭子の携帯が鳴った。坪倉孝吉がこの調子で注文が増えても、倉庫の海老が無くなれば製造は出来ないと伝えて来た。

先程の話に念を押した様な電話に苦笑いの恭子。

坪倉では、海老の入荷の時に冷凍にする原料、製造して保管する商品に別けて、営業倉庫に預けている。

生の海老で製造する商品がA、冷凍の海老で製造する物をBとランクを別けていた。

旅館用と今回の通販画報用はAランクにして、娘婿の会社が繁盛する事を願って多少無理を承知で準備したのだった。

通信画報掲載の二か月前

「坪倉さん今年は沢山の海老を仕入れるね、大口の商談でも決まったのかい？」漁連の人に冷やかされて「娘婿の会社が売ってくれるのさ！」と笑顔で答えた。

「石川に嫁いでいる亜希ちゃんの会社か？　良かったな！　そういや亜希ちゃん子供はまだかね？」

「子供より仕事を軌道に乗せる方が先だってよ！」

「それで親父さんが援護射撃というわけか？」そう言って笑った。

孝吉は、白えび漁の最盛期に、普段より大量の海老を買い込んで、冷凍と製品を作り溜めした。

だが通信画報の掲載後の注文殺到は、リピートが多くピークに達した。評判はネットでも炎上し、全国のバイヤー、スーパーの注目の的となった。坪倉にも問い合わせが殺到したが、もう製品は殆ど無くBランクの製品の販売先も限定せざるを得ない状況になっていた。

このブームを見逃さ無かったのが、長島物産と取引をしているマルヒン株式会社の鬼頭玄造社長だった。

北陸の藪田が言っていた長島物産の株式の件を、至急調べる様にと指示を出した。

夕方には報告が来た。

調べた結果大阪の金本商店が三十パーセント所有で、藪田に打診があったのが十八パーセントだと話すと「よし、藪田に連絡して出資をすると伝えろ」と指示をした。

長島物産でも通販画報の記事を見て、全国のスーパーとか生協からの問い合わせが殺到していたが、肝心の当面の資金がなく困っていた。

そこに藪田から「社長の許可が出ました！　来週にも契約に行きたいのですが、ご都合は？」

長島は内心喜んだが「東京の大手の問屋さんも同じ様な事を言ってきました。でも藪田さんのマルヒンさんに先に話をしていますので、今週中にお金を振り込んで頂けるのなら、東京の方を断ります」とかまをかけ勝負に出た。

藪田は「すぐに社長に確認を取ります」と言って電話をきった。

しばらくして藪田が「社長は今週中に振り込むとの話です」と慌てて連絡をしてきた。

長島はこれでノンバンクの借金を直ぐにでも返済出来ると喜んだ。

しかし鬼頭は金本商店の金本正和と交渉して、三割の株式を買い取り長島物産の経営権を奪おうとの思惑があったのだ。

当然戸部にも全国のスーパーや問屋からの問い合わせが殺到した。

しかし肝心の坪倉の品物は今年の生産分は手に入らない。

義父である孝吉に相談すると、冷凍を使用するなら、来月からなら製造は出来ると娘婿の為に一肌脱ぐと言ってくれた。


通販画報の販売が一段落付いた時、生協ファーストネットが販売を始めた。

翌週にはネット販売のワンディも販売の予定になっている。

生協とワンディの商品は金本商店の帳合いで、友川の魚八水産経由で販売される。

当然通販画報で買った客も、前回の味を覚えているので注文をしている人も多少はいるが、大半は今回初めて購入のお客なので、ブームの白えびに興味津々だ。

生協が売り出すと、値段を見て恭子の通販画報に「内容は同じで生協は半値じゃないか？ぼったくりか！」と怒りの電話が数本掛かって来た。

恭子はこの様な事態を予想していたので「通販画報の扱った商品は、富山の地元の坪倉という工場で生の白えびで生産をして、手作りでございますので多少高いのです。お味はいかがでしたか？」

「そりゃ、美味しかったよ！　でも価格が倍だよ！」

「もし生協の商品よりも当社の商品が美味しくなければ、買われた代金はお返し致します」

その言葉で、総てのお客は引き下がった。

生協の商品が発送された数日後、通販画報へのクレーム電話の数人から「貴女の言った事は本当だったよ！　値段以上の差を感じたよ！　もう売らないのか？」と逆に熱望された。

だが恭子は「残念ですが、来年の春まで白えびが獲れませんので、お待ち下さい」と返答した。

生協とファーストネットにもクレームの電話が鳴った。

「通販画報さんで買って美味しかったので、買ったのに不味いじゃないか！」と怒りの電話が数十本あった。

咲子も予想をしていたので、マニュアルで「値段が半分ですから、多少は違うと思います」と答えてトラブル対応した。


咲子は組合員の意見とお客様のクレームを書類にまとめ長島物産に送った。

クレームの内容は、味に関するクレームが三十パーセント、値段については二十パーセント、白えびが何処に入っているのかわからないがクレームの大半を占めていた。

こんな状態の中ではあったが、今、咲子は仕事の事より陳の事で頭の中がいっぱいだった。

今月には陳と台湾に行くことになっていたが、家族の許しを得ていない咲子は会社の視察旅行と嘘をついていた。

台湾の台北四日間は、咲子の運命を変えるかも知れないが、決断が出来ない咲子だった。

十五話

「咲子さん、素晴らしい景色をご覧に入れますよ！　普通の観光では中々行けない場所ですよ！　楽しみにしていて下さい」

七日から十日までの四日間を楽しみにしている咲子だが、憂鬱なのは家族に内緒だと云う事。

かき揚げの販売も金曜日ですべての配達が終わるので、安心して有給休暇を一日貰い咲子は会社には友人と台湾旅行だと話し、自宅には会社の視察旅行だと伝えている。

母が「生協ファーストネットで、台湾の製品を扱うの？　珍しいわねバナナの担当にでも変わったの？」と不思議そうに尋ねてくる。

「違うわ、原料の魚を見に行くのよ」と適当に答える。

結婚したい人の実家に挨拶に行くとは言えない。

週末からネット販売のワンディが、白海老のかき揚げの販売を初めて、好評で予定の販売数を大きく上回り、大崎も上機嫌になっていた。

友川は長島社長から販売の御礼と、今後は定期的に企画を組んで頂ける様に話して欲しいと頼まれていた。

話の中で、「年内にもう一度見学に来て下さい、本来の天ぷらも是非企画に入れて頂きたい」と、再びの枕接待を匂わせてきた。


週末、品川駅のホームで待つ咲子の姿があった。

成田ＥＸがホーム入ってきてグリーン車に咲子は乗りこんだ。そこには陳が乗っていて二人は成田空港へと向かった。

成田空港に向かう二人は新婚の様に寄り添って、座席に座って楽しそう。

しばらくして「何処に行くと思う?」と陳が尋ねた。

「故宮博物館?　貴方の自宅?　台北でしょう?」

「今夜は台北のホテルに泊まって、明日僕の両親が産まれた島に一緒に行く」

「島で産まれたの？」

ところが成田空港に向かう二人の幸せの空間が、一本の電話でかき消されるなった。

「咲子！　今何処に居るの？　会社では出張ではなく休暇を取っているって」母伸子のかん高い声がした。

「貴女の連絡先を聞いて無かったから、会社に電話をしたのよ！」

怒る母の伸子が、次々と憶測で喋るのを咲子は黙って聞いていた。

「そういえば、最近よく外国人の話をしていたわね、台湾に行くって、まさか台湾の人と付き合っているの？　今男の人と一緒なの？」

電車がもう直ぐ成田空港に到着する。

「帰ったら説明するわ、大丈夫よ！　心配しないで」そう言うと咲子は電話を切った。

「お母さんに言って無かったの？」陳が話の内容から自宅からの電話だと感じて聞いた。

「いいの！　帰ってから説得するわ！　許して貰う為に出来ちゃった婚でもしちゃおうかな！」

そう言って微笑んだ時、空港駅に電車は滑り込んだ。

そして、二人は台湾へと飛び立った。

台湾に着いた咲子は、母親の事を忘れるかの様に、陳との時間を過ごしベッドでは燃えあがった。

翌日の朝早くに陳が「今から頭城鎮烏石港へ行こう」と言って、ホテルから台北駅に行く為に二人は、タクシーに乗り込んだ。そして、台北駅から頭城駅まで一番速い自強号で約一時間強を乗り、頭城駅から烏石港まではタクシーで十分。頭城鎮烏石港まで着くと、定期航路がありそれに乗った。

船上で「気持ちが良い青空だわ」快晴の空を見上げて船の上で背伸びをする咲子。

「亀山島というネーミングが何だか日本人には親しみが持てますよね」

咲子が話す。

「それにカメがいっぱいいる島？　なんて想像もしちゃう」

「カメは生息してないのですけど島全体がウミガメの形をしているのです。東西三・一㎞の小さい島なのに、温泉あり、洞窟あり、きれいな湖も二つ、生態物も豊富と、信じられないくらいの宝島なのですよ、運が良ければ島周辺でイルカの大群を見る事が出来ますよ！」

「本当？　自然のイルカを見るのは初めて」そう言いながら海面を見た。

宜蘭から十㎞離れた離島「亀山島」は、今から七千年ほど前、四回の火山爆発により、今の地形が出来上がったといわれています。

海面下には今でも十個以上の火山があり活発に動き続けています。

「亀山島」は海から突き出してしまった「活火山」でもあるのです。

遠くから見るとカメの頭にあたる東北のほうが高く、しっぽの南西が低くなっているのがよくわかります。一番高いのは甲羅にあたる部分で海抜三百九十八m、頭の部分は二百三十九m。甲羅の部分は四〇一高地といわれ、ここに行くには、亀山島上陸の申請以外に、もう一つの高地登山許可申請が必要となります。階段が千七百六個もあって、頂上から眺めは最高、絶景の聖地ともいわれています。

島に着くと、まずゲートのところで、人数がカウントされます。

平日、休日ともに上陸には人数制限があるのです。

ゲートを超えると、左の方に観光客の休憩所みたいなものとすごく小さいですがショップもあります。Tシャツとか小物類などが売られています。

この亀山島は現在は無人島なので、ゲートにいる人やショップの人は一番早い船でお客さんと一緒に来て、一番遅いので宜蘭へ帰るそうです。

到着すると最初の見学地は島内のお寺です。

「亀山島」は、一八二〇年から人が住み始め、当初は三百人くらいの人口で、一番多いときで七百人に増えました。

その為、お寺も出来て、学校も作られました。

住民は漁業を中心に生活をしていましたが、生活は貧しく、若い人たちはどんどん島を離れていき、老人は医療面で住みづらくなっていきました。

そのため、国の方針により島民全員を宜蘭へと移住させ、この「亀山島」は軍事管制区となったわけですが、一九九九年今度は観光地として一般の人たちに開放されたのです。

十六話

「僕の親父はここで暮らしていたのですよ、今はこの島には誰も住んでいませんが」

「ここが陳さんの故郷なのですね、それで私を連れて来て下さったのね」

手を繋いで楽しそうに話をしながら島を歩いた。

ここが昔の学校です。大きく「亀山島」と書かれた表札がありますが、今は誰もいないし、校舎だけが寂しく佇んでいます。

前方には美しい亀尾湖と低くそびえる山、後方は太平洋！　空と海が一体になったような開放感があって、景色抜群のすごくいい環境！　緑も茂っていて、学校内の階段などには亀卵石が敷き詰められています。

こじんまりとしてアットホームな学校。昔はここで子供達がたくさ学んでいたのだなあとなんとなくしみじみとしてくる二人。

学校を通りすぎると、カメのしっぽに近い方に砲台が見えて、砲台まで登るとまた違った島の顔が現れた。

砲台の後方には高さ三・五m、幅三mの長いトンネルが控えていた。

長いトンネルの途中には、横にも入っていける小さいトンネルがあり、弾薬庫と書いた表示もある。

トンネルを抜けると目の前に太平洋が広がって、中央に構えられた大砲は台湾本土を向いている。

大砲横の壁には射程距離などの図式や数式があり、物々しいムードだ。

もちろん、現在は使用できませんが、間近に見て触れてみたりすると、ちょっと怖い感じがした。

その後二人は再び船に乗り、島めぐりが始まると海底火山の噴気孔から出てくる温泉が見えて、青い海の一部が乳白色の海水になっていて、近づくと硫黄の匂いがした。

岸壁は溶岩流の跡であり、ところどころ穴が出来ている。

海底の熱水を吹き上がっているところは百十五度。モヤッとした熱い空気が漂っている。数年前この熱水地帯に「岩ガニ」が生息しているのが発見された。台湾のこの地方にしかいない貴重なカニで、岩のゴミなどを食べて生きている。

陳の産まれた島の観光を終え、二人は再び定期便に乗り込み、今度は台北の陳の実家がある港富基漁港を目指した。

富基漁港は台湾最北の漁港で、二十年程前は小さな寂しい漁港だったが、花カニが多く採れる事で有名になり、今の活気ある漁港となった。

陳の実家はこの漁港の近くにあり、会社は直ぐ近くの古びたビルの中にあったが、敢えてそこには咲子を案内しなかった。

到着すると家族親戚が揃って咲子を出迎えてくれていた。

家族親戚は咲子が陳の嫁の様に扱ってくれた。

咲子が一番気になっていたのは結婚後、台湾に住む事だった。咲子の両親が中々許さないと思っていた。そのことを知っているかの様に陳の母親は「樹時は日本に行く事が多い、仕事も日本だから結婚して日本に住んだら良い！」と言ってくれた。

全く予想もしていなかった話しに驚く咲子だった。

「養子、養子に入れれば良い！　漁師の事は、弟がいるから任せれば大丈夫だ！」父親はそこまで考えてくれていた。

「そうですよ！　南浦樹時！　良い名前だね」母親も褒め称える。

咲子の家は妹がいるが、既に結婚して神奈川に住んでいた。

咲子はこの話で、両親を説得できるかもと思った。

翌日は陳と市内観光に出掛けて気分が大変良くなっていた。

「陳さんは日本に何を販売しているの？」

「海産物です」

「長島物産の天ぷらに使っているのね」咲子は自分で言って納得した。

咲子は陳と一緒に日本に住める事を大変喜んで、火曜日に日本に帰ってきた。

明日から家族を説得して、咲子は陳との結婚を夢見ていた。

長島物産と株式会社戸部には、色々な会社から問い合わせが殺到していた。戸部では通販画報で販売した生の海老を使った製品はもう今年の物はありませんが、少しレベルが落ちてしまいますが、冷凍の海老使用の物でしたらあると対応していた。

長島物産に問い合わせた会社は、長島社長が選別して金本商事に連絡するが金本商事は伝票を通すだけで、商売は全く行わない。

金本正和は、急に売れ始めた白海老のかき揚げに喜ぶが、株式会社マルヒンの話しにも興味をもった。

そして、年末にマルヒンの藪田と鬼頭が、金本商事に来社する事となり、両者の思惑が交差したのだった。


九月の通販画報の販売を切っ掛けに、立て続けに生協ファーストネット、ネット販売ワンディと話題が広がって、全国のスーパー、生協が取り扱いを始めている。

争奪戦と同時に、坪倉では確保していた海老の分まで予約製造が決まって、来年の漁までの製造計画が満杯になり、戸部ではその後の問い合わせ分を長島物産の商品で補う事になる程の盛況振りだった。

戸部は東京の問屋ミズタ経由になっており直接販売は出来無いが、自然食の販売会社へも売っていたので、ギリギリの採算になるのだ。

年末までに来年の商売をする程、注文が殺到していた。

長島物産も製造計画をフル稼働で対応する準備になっている。

坪倉では「通販画報さんのお陰で白えびが有名になって助かります。来年も同じ製品を作らして貰います。ありがとうございました」と恭子に御礼の電話をする程だった。

「長島物産は、もう製造のキャパが無いそうですね」

「私の工場の数倍の規模でも、製造が追いつかないらしいです」

「白えびを沢山確保していたのですね」

「資金力があるのでしょう、私共ではとても買い込めません」

坪倉孝吉は事前に戸部祐介に連絡して、この機会に販路を広げる為には長島物産の製品も取り扱わなければ駄目だと話していた。

ブームは直ぐに終わるから、販路を広げるのは今がチャンスだと説いた。

祐介は義父の製造した製品は自信を持って売れるが、長島物産の商品には不安を感じて躊躇していたが、一部の業者に販売する事にした。

十七話

台湾から帰って来た咲子は、チャンスを見つけては、何度も両親に陳との交際の許しを得ようと話をするが、話は平行線のままで翌年を迎えた。


恭子は、二月には二度目の白海老のかき揚げの企画を組んでいた。

その間に、ワンディは既に三度目の販売を行っている。

ワンディはネット販売の為小回りが出来るのが強みで、ブームに乗って売り上げを上げていた。


友川と竹ノ内、大崎は正月明けに長島の招きで、再び接待を受けていた。

東進デパートの竹ノ内もブームに乗って販売を始めたので接待に便乗したのだった。

東進デパートがチラシに掲載してくれる事は、長島社長には商品に箔が付くので願ったり叶ったりだった。


白海老のかき揚げの販売は全てが順調だった。

だが二月の中旬、事件が起きた。

恭子と聡子は和菓子の取材で金沢に行くことになったので、富山の坪倉に挨拶に伺うことにした。そのことを坪倉に伝えると

「せっかく来るのだったら、家に泊まって、一杯飲もうと」と招待してくれていた。

時を同じく咲子は、富山の長島物産に行くと言うので三人同じ新幹線乗り金沢と富山へと向かうことになった。

咲子が長島物産に行くのは陳と会うための口実に過ぎなかった。

「仕事で、東京に行く時間が取れないので、富山まで会いに来てほしい」と陳から連絡がきたのだ。

陳は、今年に入ってから大変忙しく、台湾の旧正月が終わりようやく日本に来ることができた。しかし、仕事の都合で数日の滞在で台湾に帰らなければならなかった。

三人が向かう新幹線内のテロップのニュースを見て三人は固まった。

特に恭子は声も出なかった。

(今朝早く、富山の総菜工場から出火、焼け跡から社長、坪倉孝吉さんと見られる遺体と妻公

恵さんの遺体が発見された）と流れたのだ。

「何！」と発した恭子の顔は蒼白になっていた。「今夜自宅に招かれているのに……」と言葉を失った。恭子達は明日の夜金沢の取材が終わってから、坪倉の自宅に行く事になっていた。

先日、坪倉孝吉は恭子に電話で「今度お越し頂いた時に面白い話をしましょう」と言った。「面白い話って？　何ですか？　商売の話しですか？」「勿論商売の話しに関係ありますよ！　まだ確定はしていませんが、私の見立ては正しいと思いますよ」言っていたのだ。

新幹線が富山に着き咲子は先に降りた。恭子達はすぐにでも坪倉のところに行きたがったが、取材の予定があるので金沢に向かわなければいけなかった。

明日早めに取材を終わらせて、坪倉の自宅にお悔やみに行くことを聡子と話した。

咲子は、富山駅に迎えに来ていた陳と一緒に、タクシーで長島物産に向かった。

陳と会う為に用事を作って、長島物産に来たのだがこの咲子の行動が長島社長に不安を与える事となったのだ。

長島物産に到着すると、大山品質管理課長が出迎えてくれたが、長島社長の姿が見えなかった。

「お願いしていました資料は集りましたか？　社長はお留守ですか？」

「実は同業の坪倉さんがあの様な事故で亡くなられましたので、お悔やみに行かれています」

「私も新幹線のテロップで知りました、大変な事ですね」

「私の会社も忙しいのですが、坪倉さんの工場も朝早くから作業をされていたのでしょうね」

「早朝の事故だったみたいですね」

「五時半頃の事故の様です。家族で作業をされていましたから、無理されたのでしょう、それと我が社は電気を使用していますが、坪倉さんの所はガスでしたから危険はありますね」と大山は説明した。

話が終わると、大山は「これは前回の納入分の仕入れ先の証明書です」と言って、数枚の用紙を机の上に置いた。

「白えびは赤木水産ですね、人参とインゲンは宮崎の農協、タマネギは北海道、それから小麦が福岡、菜種がオーストラリアの分別品で、明治オイル、他の添加物の使用はありませんね。はい！　完璧です。組合員に次回の機関誌で発表します。お手数でした」

「わざわざ、これ位の資料の為に遠路お越し頂きまして申し訳ありませんでした」

「いいえ、原本の確認をしないとコピーでは改ざんの恐れがありますので。では、確認が済みましたので、この証明書のコピーを頂いて帰ります」

「なる程、徹底されていますね」

「それが私達生協の信頼されている所以ですので」

ともっともらしいことを言ったが、本当は陳に会いたいのが一番の目的だった。

十月の後、十一月に抱かれてから一度も会っていない咲子には、久々の分厚い胸、太い腕の中で眠れる喜びに溢れていたのだ。


翌日、恭子と聡子は、坪倉の自宅に向かった。

姉夫婦の戸部亜希と戸部祐介、義理の父戸部守が自宅で弔問客の対応と通夜の準備をしていたが、そこには、娘の真希の姿がなかった。

「通販画報の田辺恭子と申します。この度はご愁傷様です。真希さんは?」

見当たらない真希の事を尋ねた。

「妹は今、富山県警に行っています」

「警察ですか?」

「多分出火の原因を詳しく聞かれているのだと思います。昨日も聞かれた様ですが昨日は消防署で今日は警察です」

「こんな時に、大変ですね」

「出火が朝の五時過ぎと聞いたのですが、そんなに早く仕事を始められるのですか？」

「忙しいのは良い事なのですが、朝早くから夜遅くまで働き過ぎですよ」

「昨日は出荷ミスが発生したので、急遽造りに行った様なのです」

「出荷ミス？」

「はい、私の会社に届く筈の品物が届いていなくて、明日午前中に造ると前の日に連絡があったのです、それで早朝から作業を始めたのだと思います」

「ガスが原因だと聞きましたが？」

「はい、プロパンガスを使っていましたので、消防署の話ではガス漏れに引火して爆発炎上したのだと聞きました」

「日頃から、ガスには細心の注意をしていたと思うが、急な注文に慌てたのだろうか」と恭子は思ったが、何か腑に落ちなかった。

十八話

しばらくすると真希が自宅に戻って来て、亜希とひそひそ話を始めた。

恭子は話しが終わるのを待って真希にお悔やみの言葉を言うと、警察で事件の可能性があると言われて呼ばれていたと小声で恭子に言った。

火事のあった朝、新聞配達の人が、工場の裏手から男が走り去るのを目撃していた。その男に心当たりが無いかを真希に警察は確認した様だ。

恭子達は、通夜に参列するためにもう一泊することにした。

もし放火なら、坪倉さんを殺すため？　誰が何の目的で？　と恭子は、考えていた。

聡子が「もしかして、ライバルの長島物産の仕業？」と言うので
「冗談でしょう？　規模の異なる長島物産が何故その様な危ない事をする必要があるの？」と恭子は笑い飛ばした。

帰りの新幹線で恭子は、坪倉孝吉の言った「面白い事をお話ししましょう」の言葉が頭をよぎった。

「勿論商売に関係のある話しですよ」と言った言葉が引っかかる。

「放火なら、坪倉の工場があると困る人？　そんな人居る？」恭子には全くわからなかった。

葬儀の翌日から戸部祐介は、注文を頂いた得意先に品物のキャンセルの連絡とお詫びをして、長島物産の商品で補える得意先には変更をお願いした。

妻の亜希は突然両親を同時に失った悲しみから抜け出せずに、全く仕事が手に付かない。

真希は、工場の片付けと事後処理に忙しくしていて、悲しむ余裕も全く無い日々が続いていた。

そんな真希の元に、富山県警の崎田と山岸刑事が訪れたのは、二週間が経過した頃だった。

「何かわかったのですか？」真希は崎田刑事に尋ねた。

「電話の記録から、数日前に三井雅行という人から坪倉さんに数回電話があったことがわかりました。この方をご存知ですか？」

「はい、少しの間ですが工場で働いていた人です。長島物産に転職したと父が怒っていました。でも、何故今頃三井さんと連絡をとっていたのでしょう？」

不思議に思う真希だった。

それだけ確かめると二人の刑事は直ぐに、帰って行った。

大きな自宅に一人残された真希は、新聞配達の人が不審な人を目撃した事と、三井と云う人が何度か事故の前に電話をしてきた事、警察が事故を調査しているのは、やはり放火の疑いがあるのだと考えていた。

真紀は、父孝吉が何か手がかりになるものを残していないかと探し始めた。

刑事が長島物産に行くと人事課長が
「三井は先日から出社していませんが」

「三井の自宅はわかりますか?」

「はい。わかります。何か事件でしょうか?」と聞いた。

その後、崎田刑事達は三井の住む小さなワンルームマンションを訪れたが、先日から帰っていない様だと近所の人からの情報を得ただけだった。

「これは、事件の可能性が高くなったな」崎田が言うと山岸が「三井は怪しいですね。他に目撃者が居ないのか徹底的に捜しましょう」

二人の刑事は捜査本部の立ち上げを、県警に進言しようと考えて戻って行った。


恭子は数日間、坪倉さんが意味深に言った、仕事に関係する面白い話とは何だったのか?

何を話してくれようとしていたのか? 気になって仕方がなかった。

考えてもわからない恭子は真紀に坪倉から何か来ていないかと聞く為に電話をした。

恭子が話す前に真紀から刑事が来て、三井と云う昔務めていた男が、事故の前に父に数回電話をしてきていた事が分かったと話した。

坪倉から長島物産に転職をしていた三井が電話をしてきていたこと、新聞配達の人が見た人物も三井だろうか？　それに警察も動いている。やはり事故ではなく事件なのだろうか？　恭子は、一気に疑惑が膨らみ警察に火災の事を聞いてみる事にした。

電話口に出たのが山岸刑事で「坪倉さんの失火の件でしたら、部外者の方にはお話出来ません」と冷たい態度だった。

「実は私、火事の翌日坪倉さんに招待を受けていまして、少し気になる事がありますのでお尋ねしたのです」

「そうでしたか？　それならお話し下さい」と山岸刑事が言うと「先に事件の状況を教えて下さい。普通の火事では無いのでしょう？　刑事さんが動かれているから、事件でしょう？」と詰め寄った。

「それはお話し出来ませんね」

「そうですか！　では、私もお話し出来ません」と山岸刑事の高飛車な態度に、怒って電話を切ってしまった。

数日後、真希から、火災保険が出るので工場を再開する予定ですと恭子に連絡があった。

「お父さんもお母さんも居ないのに、再開出来るのですか?」の問いに真希は、「従業員の足立さんと私は父から造り方を教わっているので大丈夫ですし、パートの人達もベテランですから、工場さえ再開すれば働きに来てくれると、待ってくれています」と話した。

恭子は「再開の時は、通販画報が最初に売りますから頑張ってください」とエールを送った。


足立隆博は、地元の高校卒業後漁師をしていたが、赤城水産経由で坪倉のかき揚げの美味しさに惚れ込み三十歳で坪倉に働きに来た男だった。

真希に惚れているのも坪倉で働く理由の一つではないかと定かで無いが周りは思っていた。

お互いが好意を持っているのも周りから見ても分かるほど仲が良かった。

それが両親の死で一気二人の距離が縮まり、足立は真希を助けるため坪倉の再建に乗り出したのだ。

坪倉再建を真希との再出発と考える足立。二人は悲しい出来事の中にやっと、新しい希望の光をみつけた。

勿論、姉の亜希夫婦も全面的に応援をしてくれた。

焼け跡に建設工事の音が響いたのは、桜の花が咲く頃だった。

警察の捜査は続けられたが三井の行方は全く判らず、暗礁に乗り上げてしまっていた。

そんな富山県警の刑事二人が、東京の恭子の元を訪れたのは、事件から半年近く経過してからだった。

「富山の刑事さんが、何でしょうか?」恭子は怪訝な顔で尋ねた。

恭子は、坪倉さんの火災のことを忘れかけていた。

「半年ほど前、坪倉さんの火災のことで本庁に電話をされましたよね? 私がその時応対した刑事です」と山岸刑事が話した。

十九話

捜査本部は失火となって解散になったが、極秘で数名が事件を引き続き捜査をしていた。

その中で山岸刑事が、恭子からの電話を思い出して訪問したと話した。

恭子はその時の対応を思い出して怒りが込み上げてきた。二人の刑事は当時の対応を詫びた。

「それなら、捜査の状況を包み隠さず教えて下さい」

崎田が説明を始めた。

坪倉さんは普段からガスなどの火の取り扱いには大変注意をはらっていました。

二人は出火したとき動くことができない状態だったのではないかという疑いがあります。

新聞配達員が目撃した走り去る男ですが、大変怪しいのですが工場から出てきたのかまでは目撃していないので、決定的な証拠とはなりません。

出火の数日前から坪倉さんは三井正幸という男と連絡をとっていました。

三井正幸という男は、昔、坪倉で働き、その後長島物産へ転職しています。

娘の真紀さんの話では、長島社長が坪倉の技術を盗むために入社させたのではないかと疑っていましたが、長島社長は、入社するまで面はなく、事実は確認できませんでした。

三井は事件当日、長島物産を無断欠勤しており、事件の前日から消息不明となっています。

三井は離婚歴がありその女性と接触した形跡はありません。

三井の別れた嫁の実家が静岡県の島田で、そこで、最近三井の目撃情報がありました。

三井らしき男が、島田にある小さな総菜工場に勤めていたらしいのです。

と全てを話した。


恭子は自分が坪倉から話された事を伝えると自分の思いを話した。

「坪倉さんは、仕事の話しで私に面白い話があるとおっしゃいましたので、多分白えびに関する事だと思います」

「あの富山湾で獲れる白えびの事で、面白い話ですか?」

「坪倉は赤木水産から白えびを仕入れています、それは調べましたが、変わった事はありませんでした」

「でも私と坪倉さんの仕事での共通点は、白海老のかき揚げだけですから」

そう話すと、崎田刑事は「白海老のかき揚げは、長島物産が断トツで、小さな坪倉さんを敵対視する必要は全く無いと思いますね」

「三井って男が技術を盗んでいた場合はどうなりますか?」

「もしも技術を盗んでいたとしても、今頃その事で坪倉さんを殺害するとは考えられません」

「何か坪倉さんのところから、無くなっている物は無いのですか?」

「殆ど焼失していますので、真希さんも何がなくなっているかも判らないと言っていました」

話は終わり刑事が外に出ると「引っかかるな、面白い話が白えび?」

「坪倉さんは田辺恭子さんに何を話そうとしていたのでしょうか?」

「帰ったら、白えびの仕入れ元の赤木水産と真希さんに坪倉さんから何か聞いていないか確認しよう」

その後二人は、三井が目撃された静岡の島田へ向かった。

恭子は火事の事を忘れかけていたのに刑事が訪問した事に、やはり放火の疑いが高いのだと考えて、坪倉孝吉が自分に何を話したかったのかが、再び気になってしまった。

北陸に用事を作って近日中にも真希の自宅に行きたいが、何か忘れていないのかと、恭子は一連の流れを思い返してみた。

山城温泉で食べた白海老のかき揚げの味に衝撃を受け通販画報で扱うことを決めた。

友川さんに仲介をお願いしたところ築地の関係者から富山で白えびを扱う赤城水産を紹介されたという。

赤城水産からは、かき揚げの老舗の坪倉を紹介されたが、設備の老朽化と製造キャパを考慮し友川さんは長島物産を私達に紹介した。

だが、試食して知った坪倉のかき揚げの味があきらめきれずに、坪倉さんの工場へ押しかけ、泊まり込んで説得し娘婿の戸部さんの会社を使うという約束で、通販画報での掲載にいたった。

企画は大当たりで予想以上の売り上げとなり、これをきっかけに白えびのブームとなった。

長島物産の製造ではあるが、白海老のかき揚げを共に扱った生協ファーストもネット販売大手のワンディも販売に成功をした。

坪倉さんは娘婿の戸部さんの会社の販売促進の為に努力をされていたが、坪倉の生産能力では限界を超える注文量に達していた。

三井さんが、坪倉の技術を盗み長島物産に就職をしていたとしても、三井さんが坪倉を放火する動機にはならないだろう。

長島物産は、天ぷらの製造からの転身だった。

天ぷら製造からかき揚げ製造に転身した経緯に何か関係があるのではと思い調べてみようと思った。


翌日、恭子は経済新聞社で、記者をしている友人の盛田敦子から、長島物産の株主構成を取り寄せて調べた。株は身内以外に大阪の金本商事が株の約三十パーセントを持つ大株主だと判り、最近では、九州の上場会社、株式会社マルヒンが約十八パーセントを強取得した事が判った。

マルヒンは調味料、粉等を長島物産に以前から納入している業者だが、今年になって急に大株主になっている。

もしも長島物産が今回の事件に関係があるのなら、何かこの数年に起こった株主構成にも関係があるのかも知れない。

恭子は敦子にもう少し掘り下げて調べて欲しいと頼むと
「マルヒンは上場会社だから、情報公開はするけれども、それ以外の会社は非上場だから詳しくは判らないわ」

「そうなの？」

「もしも、他の会社が、マルヒンの子会社になれば、公開は義務付けられるけれどね」

「じゃあ、金本商事を調べて、何かあるかも知れないわ」

「私が思うには、金本商事は北陸新幹線の開通に合わせて、北陸の会社で見所がある企業に投資しているから、多分長島物産もそれで目を付けられたのでしょうね？」

「そうかもしれないわね。北陸新幹線の開通で北陸の名産品か？　なる程抜け目がないわね」

「株の価値が上がると何処かに売りつけて、利益を得る会社だと思うわ」

敦子の話から、金本商事の実態が少し見えてきたが、坪倉の放火とは、全く結びつかなかった。

二十話

南浦咲子は両親に陳樹時との恋愛を打ち明けて結婚の許しを得ようとしたが、話を聞こうともしてくれなかった。

恋愛している相手が、外国人と聞いて父親の博之は激怒した。

母の伸子も博之には逆らえずに、咲子の目が覚めるのを待つしか方法が無いと諦めていた。

しかし、反対されるほど二人の想いは深くなっていった。陳が日本に滞在中は品川のホテルで会うようになっていた。

陳の筋肉質の身体に抱かれる時、咲子は最高の幸せを感じていた。

ある日突然、博之が「咲子の相手の男は台湾人だと聞いているが、何をしている奴だ！」と伸子にぶっきらぼうに言った。

伸子は珍しいと思いながら「食品の輸入会社の社長さんらしいですよ」と答えた。

「社長なのか？」

口を利かなくなった娘に、父の博之は心配になり、相手の事が気になり始めていた。

崎田と山岸刑事は三井の元妻、古村葉子の実家がある島田で聞き込みをした。数か月前に三井は来ていた。近所の島田キッチンと云う総菜工場に勤めていたという情報をつかんだ。が、直ぐに辞めて行方は判らないという。しかも、古村葉子も三井と一緒に姿を消してしまった。そして、それ以上の事は全く不明だった。

葉子の母親は、最近痴呆が進み、施設に入居していたので、娘が行方不明になったことも知らなかった。

三井が元妻と一緒の行動をしている事だけが判明したが、犯人と決まった訳では無いので指名手配も出来ない。

坪倉の出火の数日後には島田に来て島田キッチンに勤めていた事は間違い無いが、何故別れて経過している妻を訪ねて来たのか？　そして、二人はなぜ姿を消したのか？　不可解なことが起きているのには間違いなかった。

今年も白えび漁が始まる季節になって、真希と足立の姿が赤木水産にあった。

「小さな工場ですが、七月には完成しますので、白えびを今年も頂きたいのです」

「真希ちゃん！　凄いな！　お父さんの跡を継いで工場を再建するとは！」

「それもみんなここにいる足立さんのお陰です」

「君が坪倉さんに技術を教えて貰っていたので、真希ちゃんが再建出来るのだな！　頑張ってな！」と肩を叩く。

「はい、よろしくお願いします。八月の通販画報さんの品物から再開しますので、七月には白えびを分けて頂きたいのです」

「君たちお似合いじゃないか、結婚して二人で坪倉を守ってくれたら、お父さんも喜ぶな。富山の白えびを守ろうとしていた親父さんの想いを継いでくれ。赤木水産は全面的に応援するからな！」

そう言われて二人は顔を赤くし「よろしくお願いいたします」と深々とお辞儀をして帰った。


長島物産では火事で亡くなった坪倉の注文を一手に引き受け、製造計画は昨年の三倍以上になる予定だと、原料問屋マルヒンの藪田に息巻いていた。

藪田はその話しを直ぐに本社に連絡をすると、鬼頭社長は「例の話しを具体的に詰めなければ、株の値段を吊り上げられてしまう！　早急に会おう」鬼頭はM&Aで長島物産を手中に収めて、株式会社マルヒンの子会社にしてしまおうと考えていた。

金本商事も長島物産の株を高く売れる時に売却して、次のターゲットを捜す資金にする事を考えていた。

長島物産の株式の三十パーセントを自分が買った値段の三倍でマルヒンに、売り飛ばした金本は上機嫌になっていたが、既に十八パーセントをマルヒンが取得している事を知らなかったのだった。

もしも知っていたのなら、もっと高く吹っかけていただろう。


長島物産には双方とも、時期が来るまで株の売買のことは秘密にして、マルヒンは次期株主総会迄に人事等を決定してから長島物産を乗っ取ったことを発表する予定だ。

金本商事から買い取ったのは鬼頭社長個人で、準備が整えばマルヒンに譲渡される。

長島社長の知らない所で、会社が譲渡されてしまっていた。

鬼頭は藪田に長島物産の取引先と従業員で長島物産の株を持っている人が数人居るので、高額で買い取る様に指示をした。

但し長島社長に露見しない様に慎重に行なう様に念を押していた。


数日後、先月末の株主数名の名簿が藪田の元に届いた。

筆頭株主、長島輝男　四十五パーセント、金本商事　三十パーセント、株式会社マルヒン十八パーセント、井出誠　、大山品質管理課長、鈴木専務、藤田部長、亀山有限公司、富山市長、湊水産、それ以外は数十人が数株持っている。

藪田には出来るだけ多くの株式を集める様に指示が出ていた。

マルヒンは上場して資金が豊富にあり、過去にも数社をM＆Aで傘下に入れて、企業基盤を盤石にしていた。

今回は長島物産を手に入れて、今後連結子会社として一層の投資により、大きな規模に成長させる予定だ。

北陸の産物の加工を重点に発展させると、原料問屋と製造部門を併せ持つ企業としての地位を築けると目論んでいた。

過去には水産会社、珍味の製造会社、魚の餌を製造の会社を傘下に収めて着実に規模の拡大を図っていた。

後僅か三パーセントを集められれば、今急成長の長島物産が手に入ると鬼頭社長は喜んでいた。

その鬼頭が北陸の支店を訪れた時、地元の新聞に掲載された『老舗の白海老のかき揚げ工場蘇らせる若き経営者』のタイトルを目にすると
「この会社は長島のライバルになるのか?」と藪田に尋ねた。

「地元の小さな古い設備の会社が出火しまして、娘と従業員が再建しているので、話題にしただけだと思いますよ」

「販売先は何処なのだ？」

「地元の旅館とか、小さな商店が販売先で長島物産が相手にする程の会社ではありません。それに若造と娘の造る物ですから、昔の様な物は造れないと思います。気にされなくても宜しいです」藪田は鼻で笑う様に言って鬼頭の危惧を一掃した。

二十一話

藪田は富山市長、井出誠、湊水産、亀山有限公司が持つ株式がターゲットだと目論む。

会社内の管理職クラスの人には、どうしても不足した場合に交渉する事にした。

長島社長に乗っ取りの噂が伝わるのを、防ぐ狙いがあったのだ。

藪田は自分が表に出ると露見するので、全く関係の無い人物を使って株を集める交渉を始めた。


六月になって恭子は今年の白海老のかき揚げを販売する為に、故坪倉さんのかき揚げの味、食感を再現できているのかを確かめたいと、時期を調整して再建された坪倉に伺うと連絡をした。

昨年と味に大きな変化があると、読者に失望を与える事が恭子には一番の懸念だった。

だが、真希の再出発の応援の為にも、絶対に通販画報での販売は不可欠な事だと思っていた。

真希は六月の末に工場が完成するので、是非来て下さいと歓迎をしてくれた。


丸田と云う人間が湊水産を訪れたのは、六月半ばだった。

「東京で食品の問屋をしています」と名刺を差し出して「電話でもお話し致しましたが、御社のお持ちの長島物産の株式をお譲り頂きたいのです。昨今の白えびブームで当社でも取り扱いたいのですが、製造キャパが一杯で株主様でも無い限りお受け出来ないと言われまして、是非、御社がお持ちの株式をお譲りください」と丸田は適当な嘘を並べた。

「上場もされていないので、売買は出来ないですし、会社発足の時お付き合いで持たせて頂いた株ですので、少ないですよ。でも、値段次第でお譲りすることを考えてもよいです」

「相場の倍の値段で買い取らせて頂きますが、いかがでしょう?」

「倍！　いいでしょう」と湊水産の社長は簡単に譲渡した。

「長島物産には原料を少し納入させて頂いているだけで、今は天ぷらの事業を縮小気味ですから、取引も少ないのですよ」

「白えびを納入されているのでは？」

「当社からは殆ど買われていませんよ、年間でも極僅かですよ！　元々白えび自体が少ないですからね」と言って笑った。

丸田は「明日、現金を持ってまいりますので、書類に印鑑をお願いいたします」と言って嬉しそうに帰った。

次に同様の手口で富山漁業の井出を訪ねると、湊水産と同じ様な言葉で、簡単に株を手放した。

数日後、丸田は幸先の良い結果に気をよくして、富山市長にも同じ様にアプローチをしたが、市長は直ぐに長島物産に確認の電話をしてしまった。


電話を受けた長島社長は直ぐに丸田と云う人物を調べたが、該当する企業も見当たらない。

慌てて調査を始めるが、全く詳細がつかめない。

長島社長は、株式を何者かが買い集めているのではないかと思い、金本商事に連絡をした。

金本正和は惚けて「社長、その様に慌てなくても私と社長が持っている株式があれば、問題無いでしょう？」と、安心させる様に言った。

「確かに、金本さんと私の分の株式を合わせれば八割近くあるので、問題外ですね！　今年は昨年の三倍の売り上げが期待出来ます。今後ともよろしくお願いします」長島は安心した。

念の為に株主の変更が無いかを社員に確かめさせたが、移動の事実は確認されなかった。

鬼頭は長島社長に気が付かれないように株式が集ってから、一気に名義を変更する予定にしていたので、表面上は全く判らなかったのだ。

長島はそれでも安心できず、マルヒンの鬼頭社長に連絡をして確かめた。

「当社とお宅はこれからも一心同体と考えています、買収の話しは聞いていませんが、もしもその様な話しがあったとしても相手にしませんよ！　安心して下さい」と力強く否定した。

「よろしくお願いします。マルヒンさんとは末永くお付き合いがしたいと思い、先日株式を引き受けて頂きました」長島は受話器に深々とお辞儀をして言っていた。

ようやく軌道に乗り始めて、今年からは大きな利益が期待出来るのに、今乗っ取られたら今までの苦労が水の泡となってしまうと神経を尖らせた。

鬼頭は藪田に「長島社長が感づいたぞ、急いで集めてしまえ！　残りの株式は五倍の値段でも買い取れ」と指示をした。

「関係者以外で株を二パーセント弱保有しているのは、亀山有限公司と云う台湾の会社です」

「関係者の株式の合計が三パーセント強だったな、長島社長の株式と合わせても過半数には満たない。富山市長が長島側に付いても四十九パーセント未満だ。台湾の会社を落とせば乗っ取れるな、至急調べてくれ」

鬼頭に頼まれた藪田は台湾で探偵を使って、亀山有限公司の資料を取り寄せる事にした。

探偵料に糸目を付けないと言う藪田に、台湾の探偵会社は陳樹時の身辺を尾行、盗聴を行なって調べあげた。


長島社長に尋ねられた湊水産も井出も、株式の譲渡については話しが無いと嘘を伝えて、長島社長を安心させていた。

鬼頭の長島物産乗っ取り作戦は着々と進められていた。


六月の末の吉日、新生有限会社坪倉は社名もTUBOKURAと横文字にして、竣工式を行なう事になった。

社長、坪倉真希、専務、足立孝一とあったが、同日二人の婚約も発表されて、竣工式は大いに盛り上がった。

金沢聡子はカメラマンとして、竣工式の様子を撮影した。

勿論次回号には、新生TUBOKURAの若い社長夫婦として、大々的に掲載予定だ。

式の半ばに「この工場で作りました初めてのかき揚げをお召し上がり下さい」と真希が発表

しかき揚げがテーブルに運ばれた。

「まだまだ父の様には造れませんが、二人で精一杯造りました。ご試食頂きご意見をお聞きしたいと思います」

恭子も一番の心配は味と食感、早速口に運ぶと海老の風味と大葉の香りが口に広がり、一瞬で恭子の懸念は払拭された。

「美味しい！」と誰からともなく声が出ると「美味しいわ」「お父さんのかき揚げよりも美味しいかも！」「ほんとう！　美味しい」と口々に賛美の声が聞こえる。

「美味しいわ！　これなら昨年以上に売れるかもしれないわ、貴女方の門出に相応しい紙面にするわね」恭子も安心した。

それから、聡子と一緒に工場の撮影に同行し、足立の説明を聞きながら撮影を進めた。

小さい工場だが、生産能力は以前の倍は造れると足立が自慢をした。

戸部の姉夫妻も「これからは、ＴＵＢＯＫＵＲＡの品物を中心に販売出来ます」と大喜びだ。

この数か月間は、売りたくもない長島物産の商品を高い価格で買って販売していたので、ようやく解放される安堵感が滲み出ていた。

二十二話

坪倉真希に以前から好意を持っていた足立孝一は、火災の後、真希を親身に支えて今日に至り幸せの中での竣工式となった。

「生前、坪倉孝吉に『お前は俺と同じ孝の字があるから、他人の様な気がしない。技術を覚えて俺の跡を継げる様になってくれ』と言われていた」と、逸話を披露して来賓に喝采を浴びていた。

竣工式の後、恭子と聡子は坪倉の自宅に宿泊して、その後の火災事件の進展状況を尋ねた。

真希の話しでは、三井が静岡県の島田市で数か月程総菜工場に勤めていたが、その後の消息は不明で元妻古村葉子も一緒に何処かに姿を消してしまったと聞いていると話した。

「何故！　別れた妻の古村葉子を頼って、島田まで行ったのですかね」

「刑事さんもそれが謎だと話していました」

「三井さんと古村さんは、富山に住んでいたのですよね」

「私は古村さんの事は知りませんが、三井さんの履歴書を見ると、妻葉子になっていました」

「三井って人が父の技術を盗む為に、会社に入り込んでいたのなら、何かあるかも知れませんね」

「明日刑事さんに会ってきます。マルヒンっていう会社、金本商事、長島物産と三井の関係が気になるのよ」

「金本商事は北陸新幹線の開通に合わせて、北陸の数社に投資をしています。私の友人の経済新聞の記者に調べて貰いました」

「確か長島物産は元々天ぷらの製造をしていたのに、かき揚げを造り始めたと父が驚いていました。その時に三井って人が坪倉を辞めて、長島物産に就職したと怒っていました」

「多分現在の工場建設の資金は金本商事が出資したと考えられます。事実三十パーセントの大株主です。最近ではマルヒンと云う上場会社が十八パーセントの株を持っています」

「じゃあ、長島社長の会社では無いのですか?」

「長島社長が四十五パーセント持っていますから、例えマルヒンと金本商事が……」と言葉を詰まらせる恭子。

金本商事は元々長期保有を目的としないのなら、マルヒンに売却する可能性があると恭子の頭をよぎった。

「長島物産の株主はきな臭い会社が多いわ! マルヒンはM&Aで大きくなった会社で、金本商事はブローカー。もし、真希さんの会社に居た三井も長島物産が送り込んだ人物なら、充分に製造方法を盗みに来た可能性があるわ」

「でも警察の調べでは長島物産と三井は、過去に接触が無いと聞きましたよ」

「長島物産ではなく、金本商事が送り込んだとしたら？」

「三井って人の履歴書残っていますか？」

「はい、従業員の履歴書は自宅に保管していましたので、退職した人の物も保管していますよ、母が几帳面だったので……」と母を思い出して声を詰まらせる真希。

「それを見せて貰える？」

「ミカン箱に三箱程ありますよ、一度務めて頂いた方の物は総て残していますから」

「凄いですね！　三井さんの履歴書がある前後を見せて貰えれば充分です」

「それなら直ぐに出せますよ！　一度警察に見せましたから、その部分は別に置いてあります」


しばらくして真希が、数十枚の履歴書の束を持って来た。

「これが、三井雅行の履歴書です」と束の中央を開いて見せた。

三井の住所を見て「静岡県の島田市になっていますね」

「確か静岡から富山に引っ越すので雇って欲しいと面接に来て、そこに記載されている総菜工場で働いていたので、経験を買って父は採用したのだと思います」

「学校も総て静岡で、その後の就職先も焼津市の食品問屋から清水市の製造工場の静岡県ですね」

「でもその就職先は出鱈目だって刑事さんが教えて下さいました」

「それじゃ、やはりスパイですね」

「長島物産も一年程で消えた事になりますから、何が目的なのかよく判りません」

「でも火事の前に、お父さんと何かを話した電話の記録が残っているのでしょう?」

「はい、三井が早朝工場にやって来たのかも知れませんが、確証はありません」

恭子が三井の履歴書を横に置いて、前後の採用された人の履歴書を捲り始めた。

警察も三井雅行を調べて、長島物産との接点が見つからないのなら金本商事? 恭子の疑念は金本商事が数多くの企業に投資をしていること、その関係先なら充分考えられると思い始めた。

しばらく履歴書を見ていた恭子が橘容子と云う名前の履歴書に目が留まった。

「この人覚えていますか?」

「どの人ですか?」

履歴書を見ながら真希が「この人、父が直ぐに解雇にした人です。事務所で不審な行動をしていたので、注意したら翌日から来なかった人だったと思いますよ、一か月程しか居なかったの？」

「この橋って人も静岡の生まれだわ、名前も容子。怪しいわね！　三井さんより前に来た人なと思います」

「そうですね、順番から見れば先に入社していますね」真希は履歴書の日付を見て言う。

「二人が重複している時期は無いようですね、私の推理が正しければこの橋容子さんは多分かき揚げ製造に関するレシピか何かを捜していたのだと思います。見つける前に坪倉さんに見つかり解雇になってしまったので、次に三井が技術を盗むために入社したのではないのでしょうか？」

「父は総て長年の勘で仕事をしていましたから、レシピなんてありません。身体で覚えろ！が基本でした」

「足立さんは父の厳しい指導に耐えたのね」と足立を見て顔を赤くした。

翌日、恭子は聡子と一緒に、橘容子の履歴書のコピーを持って、富山県警に崎田刑事を訪ねた。

話しを聞いて崎田刑事は「この住所にこの橋と云う女性が住んでいたのか調べて見ます。手がかりが少なくて困っていたのですよ、もしもこの橘容子と古村葉子が同一人物なら、誰かがスパイとして送り込んだ事が証明出来ますね、田辺さんの推理が的中している気がしてきました」笑顔になる崎田刑事。

恭子が帰ると崎田は早速静岡県警にＦＡＸを送って、橘容子の身元調査を頼んだ。

「田辺さんの推理だと、大阪の金本商事が三井を坪倉に送り込んだ事になるな」

「夫婦でスパイか？　妻が先に坪倉に務めて資料を盗み出すのに失敗したので、夫の三井が就職したのだろう？」

「同一人物なら決まりだな」

「だが、坪倉を放火したのが三井だとは決まっていない、それに今頃坪倉を放火しても意味が無いだろう？　田辺さんが言う金本商事にしても今更坪倉に興味があるだろうか？」

「三井が坪倉に何の用事があって連絡したのは何だろう？」

「判りませんね、もしも橘が同一人物なら、金本商事に行く必要があるな」

二人は静岡県警からの連絡を待った。

二十三話

夕方静岡県警から、橘容子の住所は出鱈目で、それらしき人も存在した形跡が無いと報告が来た。

崎田刑事は恭子に、静岡県警からの情報を伝えて、今後も協力を得ようと考えていた。

恭子がまだ他に何かを掴んでいるのではないかとの希望もあったのだ。

「崎田刑事さん、私今日考えたのですが、大阪の金本商事って色々な会社に出資しているのでしょう？　もしかして島田キッチンも関係会社なのではないでしょうか？」

「なる程、早速調べてみます」

恭子の推理では、金本商事が北陸新幹線開通に伴い、北陸の名産品を作る会社に投資を考えた。

長島物産がターゲットになったが、元々は天ぷら工場の長島物産には白海老のかき揚げを作る技術が無かった。

そこで予てから買収をしていた会社で働いていた三井夫婦を、技術を盗ませる為に坪倉に就職させた。

最初は妻の葉子に、製造工程表の様な物を持ち出す様に指示したが、元々存在せずに失敗。

次に夫の三井雅行を坪倉に就職させ技術を盗ませ長島物産に入社させた。でも、今頃何故再び坪倉さんと三井は接触したのだろう？　もしも放火までしていたのなら、余程のトラブルが発生したのだろう？

島田キッチンに就職していたが、警察の捜査の手が伸びると同時に元妻古村葉子と一緒に姿を消した。

恭子は真希に、工場内に何か大事な物を置いていなかったのか？　と電話で聞いた。

工場には、原料の在庫表、製造工程表は毎日記入していましたが、それ以外は仕入れの伝票程度で大事な物は自宅に置いていたと話した。

恭子はもしも三井が忍び込んでいたのなら、何を目的に早朝から坪倉に行ったのか？　でも坪倉から出て来たのが三井だと決まったわけではない。

新聞配達の人が目撃したのが三井なら、事件の可能性はあるが、もしも全く関係が無ければ事故の出火となる。

だが富山県警が火災事故から数か月経過しているのに、捜査をしているのは放火の確率が高い事の証明だ。

夕方になって崎田刑事から恭子に電話がきた。

「島田キッチンは過去に金本商事が投資していましたが、二年前には売却しています。田辺さんの推理が正しい様ですね、明日大阪の金本商事に事情を聞きに行く予定です」

「そうですか、金本商事が投資している会社のリストを貰うのが、事件解決の早道になるかも知れませんね」

「なる程、金本商事が事件に絡んでいるのなら、それは重要な資料になりますね」

「三井元夫婦が逃げるのを手伝っているのなら、関係先を紹介する可能性が高いでしょう」

「判りました、会社リストを貰って来ます」嬉しそうな声が受話器の向こうに聞こえた。


翌日二人の刑事が大阪の金本商事に行くと「私は見込みのある企業に投資する事が仕事です。長島物産に富山の白海老のかき揚げを作らせる為に投資をしました。それが何か問題でもあるのですか？」金本正和は簡単に認めた。

「坪倉さんの会社に貴方の知り合いの三井雅行さん夫婦を、侵入させて技術を盗もうとしたでしょう？　違いますか？」

しばらく考えて「はい、三井雅行夫婦は私が坪倉さんに勤めさせましたが、問題ありますか？長島物産はかき揚げを作った経験が無いので、唯一白海老のかき揚げを作られていた坪倉さんの技術を教えて貰えと長島社長に言ったのですが、出来ないと言うので私が二人にお願いしたのです。三井さんが何か？」

山岸刑事が、坪倉の火災の前に三井が坪倉に電話をしている事を話した。

だが金本は「私が三井さんにお願いしたのは、坪倉さんの技術を覚えて長島物産の工場をスムーズに営業出来る様にして下さいとお願いしただけです」

「社長は、坪倉さんの火災の後三井さんには会ってもいないし、連絡も貰っていないとおっしゃるのですか？」

「その通りです。長島物産を辞めた事も知りませんでした。私の考え通りに長島物産は軌道に乗りましたので、そろそろ譲る予定……」と言葉を濁す。

「金本商事は投資が中心の会社ですから、会社の価値が上がれば売られるのですよね、過去に投資をされた会社のリストを頂けませんか？」

急に言われて驚いた顔をしたが「マスコミとか関係者に言われては私の商売に影響しますので、それさえ守って頂ければお見せしますよ」

意外とすんなりと受け入れた事に逆に驚く二人の刑事だった。

「警察では三井さんを疑っているのですか？」

「疑うと云うよりも、火災の後行方が分かりませんし、電話の内容を確認したいと捜しているだけです」

「私はもう三井さんとは、連絡もしていませんので全く判りません！　それに三井さんがもしも放火犯で追われているのなら、何の為に坪倉さんの工場を放火するのですか？　何の徳も無いでしょう？　今更坪倉さんが三井さんを呼び出す理由も、三井さんが坪倉さんの工場に行く必要は無いでしょう？」

そう言うと机の処に行き、引き出しからファイルを出すと、コピーをして持って来た。

「これが投資先のリストですが、既に手を引いた会社も多数含まれていますので、そちらで勝手にお調べ下さい」憮然とした態度で手渡した。

目を通すと島田キッチンの名前があり、横に日付が記入されていた。多分もう回収が終わった会社なのだろう。

「最後にもう一つお聞きしたいのですが？」

「何でしょう？」

「何故三井夫妻を坪倉さんに送り込んだのですか？」

「ああ、それは簡単なことですよ。その資料の中にあると思いますが、清水のＴＯＬフーズがコロッケなどの総菜を製造する会社で、三井さんは油調のコロッケの担当でした。油調については基礎知識がありましたので適任と思い、坪倉の技術を習得してくるようお願いしました。先に奥さんの容子さんに就職をしてもらいましたが、レシピのコピーをとるという姑息な手段を行なおうとしたので、書類をコピーする事は犯罪になると言って叱りました。それが原因で夫婦喧嘩となり離婚することになってしまいました。その後、三井さんから坪倉に就職することができたと連絡がありまして、粗方の製造方法を習得して長島物産に行ってもらったのです」

「良く理解出来ました、もしも三井さんから連絡がありましたら、ご一報お願いします」

そう言ってお辞儀をして、金本商事を後に二人の刑事は帰って行った。

二十四話

金本商事を出ると山岸刑事が「損得勘定には長けている社長だが、殺人をする様には見えませんね」

「そうだな、この資料も躊躇いも無く差し出したからな」

「これからどうしますか?」

「この資料では静岡の小さな食品会社が、六社程記載されていたから、そこに行って見るか」

「あの雑誌社のお姉さんにこの資料見せますか？」

「それを今考えていたのだよ、この中に知っている会社が含まれているかもしれないからな」

「通販画報は比較的小さな会社の商品を取り上げていますからね」

そう言いながら新大阪の駅に向かった。

静岡行きの新幹線に乗り込むと早速金本に貰った資料を取り出して検証を始めた。

「今まで投資した会社は八十社を越えていますね」

「食品関係の会社は意外と少ないな！　食品専門かと思っていたが違うようだな」

「でも、静岡は総て食品会社ですね、順番に行きますか？」

「時間的に今日は一社が限界だ、ＴＯＬフーズには行こう」二人はアポを取らずに向かった。


一方、咲子の父博之は娘の行動を不安に思い、台湾人の陳樹時が日本に来る時に会いたいと咲子に伝えていた。

咲子はようやく両親が理解をして、結婚を許してくれると喜んでいた。

両親は口も開かない娘の態度に困り果てて、二人は相談して陳に会う事にしたのだ。

だが陳は仕事が忙しく中々日本に来る事が出来なくなっていた。

台風の影響もあって、漁が出来ない日が続き商品の製造が間に合わず、猫の手も借りたい忙しさになっていた。

白えびはブームになって、今年は色々な業種、スーパー、生協、卸問屋が取り扱いを始めたので、長島物産も連日残業が続く程の忙しさだった。

だが真希の会社TUBOKURAでは深刻な問題が浮上して、足立と頭を抱えて思案をしていた。

それは、今年の白えびの水揚げが極端に少なく不漁だったのだ。

「孝一さん、こんなに白えびが少なくて高いと去年の値段でかき揚げを販売すると赤字だわ！長島物産が値上げをしたとは聞かないから、私達だけが上げられないし」

「在庫もそんなに無かったと思うわ、買い込んでいた海老だけでは少ないと父が困っていたから」

「そうだったね、僕も仕入れを勧めた記憶がある、けれどお父さんは白えびが無いと言われたと話していた」

「昔から赤木さん一本だから、赤木水産に無い場合はどうする事も出来ないわ」

「長島物産は何処から仕入れているの？」

「去年沢山冷凍品を買い込んでストックしているのだろう？」

「湊水産だと思うわ、それと井出って漁業組合長と懇意にしているから、他の処からも仕入れているんだわ、だって白えびでは一番の赤城水産さんでも足りないのだから、色々かき集めているのよ」

「そうだろうな、相当集めなければ不足するだろう？　他の場所でも白えびって獲れるのか？」

「世界は広いから似た様な海老は居るでしょう？　でも味とか形が同じなのは少ないでしょうね」

「でも値上げをして貰わないと、原価割れになるよな」

二人は、値上げの必要性を切実に感じていた。

夕方ＴＯＬフーズにようやく到着した二人の刑事。

突然の刑事の訪問に驚く社長は「三井夫妻は、何か事件を起こしたのですか？」と開口一番尋ねた。

「いいえ、参考に聞く為に捜しているのです」

「それだけで、富山の刑事さんが静岡まで来ないでしょう？」

「この会社も急に辞めて給料は振り込んで欲しいとだけ連絡がありました」と話して「何かや

らかしましたか？」と興味津々に尋ねてきた。

「三井さんの住所判りますか？」

「もう引っ越して誰も居ないですよ！　近所に同僚が居るので、辞めたとき、見に行かせたらすでに転居していたと報告をうけました」

「その従業員さんは？」

「呼びましょうか？」そう言って内線で呼び出した連絡をした。

しばらくして年配の女性が来て、軽く二人に会釈をした。

「富山の刑事さんが、古村さん達の事を聞きたいと来られている、知っている事をお答えしなさい」

「ここを辞めた後二人と話しをしましたか？」崎田が質問すると、大きく首を振る女性。

「彼女達の事で知っている事を教えて下さい」と山岸が尋ねる。

女性は「近所に住んでいると云っても、三百メートル近く離れているので殆ど私生活は知りません。辞める前に会社で話をしたときは、転職してお金が振り込まれたら旅行に行くと言っていました」と話してくれた。

「転職でお金が入る？　社長が勧めたのですか？」山田社長は急に話を振られて驚くが、金本商事から話を聞いていたので、既に心の準備は出来ていた。

「はい、金本商事の社長に人選を頼まれて、ベテランの三井を推薦しましたが、その後の話しは金本社長と直接三井が話したので、私には全く判りません」

「それでは、三井さんはどのような方でしたか?」

「そうですね、一言で言えば怒りっぽく切れやすい人でしたね、夫婦でも喧嘩が絶えなかったと聞いていました」

「離婚の原因も喧嘩ですか?」

「そうです、そうです! 大喧嘩をして、その勢いで離婚したと聞いています」

「この会社から富山の会社に行かれた事は聞かれましたか?」

「いえ、何も聞いていません。奥さんの葉子さんも離婚して、この会社には戻りませんでしたね、噂では島田の総菜会社に勤めて居た様ですが?」


二人は話しを聞いて粗方の二人の行動が判ってきた。

二十五話

金本社長がＴＯＬフーズの仕事が、長島物産の仕事に近いので誰か貸して欲しいと交渉した。

推薦されたのは三井だったが、嫁の葉子が出しゃばって自ら坪倉にパートとして入った。葉子はレシピの持ち出しを考えた。

だが坪倉に発見されて解雇になって戻ると、喧嘩になって二人は離婚。

その後三井が単身坪倉に乗り込んで、作業工程を盗み取り長島物産の開業に貢献した。

だが最近になって、急に坪倉と連絡を取っている。

偶然なのか火事の後三井は急に長島物産を辞めて、島田キッチンに転がり込んでいる。

島田キッチンには元妻の古村葉子が勤めていたので、勤めやすかったのか？　それとも金本社長が紹介したのか？

二人の刑事は静岡駅前のビジネスホテルに向かいながら、これまでの経緯を整理していた。

「当時お金が入ると言うのは、金本が三井に払うって事ですよね」

「でもそれとは別に何かが二人に起こったのだろう？　それには金本商事は関与していない気がするな」

「崎田さんは坪倉の放火に、三井が関与していると考えていますか？」

「俺は限りなく黒だと思うが、動機が判らない！　唯一坪倉の工場の内部事情には詳しいのは三井だ、それと坪倉さんの火災は夫婦二人が工場に行ってから、数分で出火しているので、放火の可能性が高いと思う」

「昨夜からのガス漏れで、点火と同時に爆発炎上したのでは？」

「それは違うと思う、プロパンガスだから、昨夜からのガス漏れなら工場の中に入った時に坪倉さんは臭いで判るはずだ。でも燃え方がプロパンガス爆発で火災が起こったと現場検証でも書かれている。作業中の火災にしては突然すぎる」

「僕も崎田さんの説に同感です。課長が捜査を打ち切らないのは、放火の可能性があるからですよね」

「三井が何かを求めて坪倉さんの工場に電話をした事は確かだが、何の用事だったのか？」

「でもその電話は火事の前日の夜とその前の日のたった三回だけですよね？　火災の当日の朝にはしていませんし」

「坪倉さんは仕事が忙しくて、前日自宅に帰ったのが十二時だったと真希さんが証言している。もしもその後三井が工場に忍び込んで何かを捜したなら、朝早く来た坪倉さんと鉢合わせになる可能性がある」

「坪倉さんは歳だから、三井に倒されて……」と言葉を止めた。

「そうでしたよね、逃げ様とした形跡が焼死体には無かったのですよね」

「気絶していた可能性があるから、一層放火説が浮上したのだ」

「生きていたのは、検死から判明しているから、何かの理由で動く事が出来なかったのですね」

二人の話しはビジネスホテルのそれぞれの部屋に入るまで続いた。


株式の買い付けを頼まれていた丸田の元に、探偵社から陳は生協ファーストネットのバイヤー南浦咲子と深い関係で、結婚話が出ているが咲子の両親が反対をして中々前に進まないとの情報が入った。

丸田は早速その情報を鬼頭に連絡して、指示を仰ぐ事にした。

探偵社の連絡では陳は日本の国籍が欲しいので、咲子と是が非でも結婚したい。

結婚すれば、日本での行動が自由に行えるメリットがあり、商売を大きく拡大出来ると目論んでいる。

南浦の父親の職業欄を見て鬼頭は「この結婚纏めてやると言って、株式を譲り受ける事にするか」と呟いた。

鬼頭は南浦の父博之の勤める肥料会社は、取引先でもある若宮肥料だったからだ。

二十五話

博之は総務課長で定年間近、鬼頭の友人である若宮慶輔社長に頼めば先ず確実にこの結婚は決まると悟った。

鬼頭は丸田に指示して、台湾の亀山有限公司に行き話しを決めて来いと命じた。


翌日朝からリストの会社を捜して訪問する二人の刑事。

静岡県内の島田キッチンを除く四社に三井の在籍の形跡は全く無く情報を得ることができずに夕方恭子の通販画報を訪れた。

崎田刑事は恭子に金本商事に貰った買収リストのコピーを手渡した。

恭子が再び何かを掴んで、情報の提供をしてくれる事を祈っての事だ。

呉々も内密にお願いしますと念を押して、最終の新幹線で富山に帰って行った。


恭子は二人に事件の捜査状況と資料を貰って、自分の責任を感じてしまった。

勿論、坪倉の親父さんと奥さんが殺されたのなら、犯人を見つけてあげたいという気持ちになっていた。

だが自分の仕事は通販画報と云う雑誌社で、事件を追う媒体では無いので、取材の為以外の費用は出る事は皆無だ。

そんな時TUBOKURAの真希が、今年のかき揚げの値段を一割値上げして欲しいと頼み込んできた。

恭子は今でも一般の生協との価格差があるのに、これ以上の値上げは難しいとおもった。去年は一番初めに販売したので、風当たりは強く無かったが今年は既に色々な店でも販売されているので、すぐに答えることはできなかった。

真希は白えびが高騰し一割の値上げでも、殆ど利益が出ないと切実に恭子に訴えた。

恭子は近日中の飲み会に久々に参加するので、他社の様子を聞いてみる事にした。

友川と少し疎遠になっていたが、友川が折れて再三の誘いをしてきたので、今回久々の参加になった。

「田辺さん久しぶりですね、通販画報さんが火付けで白海老のかき揚げ爆発的に売れましたね」友川が嫌みたっぷりで恭子を迎えた。

聡子と二人で今夜は来ているので、多少は心強いが一人なら帰ってしまっていたと思った。

しばらく遅れて咲子が来た。彼女も久々の参加だった。

友川が「南浦さん！　今夜は色っぽいですね」と言うと竹ノ内も「綺麗になられましたね」と

褒める。聡子が間髪を入れずに「恋をされているのでは？」そう言って冷やかした。

咲子は陳と付き合っているので、自分でも化粧も丁寧にするし、服装にも気を配っているのでその様に見えるのだと思って微笑んだ。

宴会が始まって、しばらくして恭子が「南浦さん、今年は白えびが不漁で高騰していると聞きましたが、幾ら位値上げされますか？」と尋ねた。

何を急に言い始めたのかと全員が怪訝な顔で、恭子を見た。

二十六話

「田辺さんが仕入れているＴＵＢＯＫＵＲＡは、新しく工場を建設して、償却が必要だからだろう？　長島さんは今シーズンも昨年と同じ価格で売ると連絡が先日あったよ」

友川が咲子への質問を代弁して答えた。

「工場の新設費用ではなく、白えびが不漁で価格が上昇しているからだと聞いたわ」

「ＴＵＢＯＫＵＲＡさんは生を使っているのだろう？　相場に左右され易いから仕方が無いの

かも知れない」大崎が理論付けて言う。

納得は出来なかったが、恭子はこれ以上話しても意味が無いと思い、値上げの交渉を明日もう一度真希とする事で話題を変えた。

翌日、真希は「値上げが無理なら、申し訳ありませんが中止して頂けませんか?」と涙ながらに訴えた。

真希は一割の値上げでも殆ど利益が出ないと言う。

恭子は「値段が高いので昨年程は売れないと思うけれど、真希さんの要望の価格で販売します」と言ってしまった。

去年でも倍程の価格差が、もっと開く事になるので、風当たりは相当強くなるだろう。匠の技と生の白えびを強調した写真に差し替えて値上げをすることに覚悟を決めた。

だが、恭子も真希も何故相場がこれ程上がっているのに、長島物産が値上げをしないのか?不思議でならなかった。

恭子が価格変更を編集長に提出すると
「こんなに高くて売れるのか?　他も値上げをするのだろうな?　去年でも読者から価格差を

指摘されていただろう」

「編集長、他は値上げをしません、当社だけの値上げです！」

「田辺君気は確か？　去年でも倍程の価格差だったのに、こんな高い商品は売れない！　企画を変更しなさい」重久編集長は声を荒らげる。

「編集長この企画は続けさせて下さい！　お願いします」と頼み込んだが、首を縦に振らない。

「実は坪倉さんの火災を警察が疑念を持っていまして、私は何か裏がある様な気がしています」

「おいおい、田辺君！　それは警察の仕事だろう？　通販画報は事件を追う週刊誌では無い。食品、家庭用品、電気製品とか木工品を売る本だ！　特に食品は目玉だ！　拘りの食品を探し出して読者に紹介する。当社の紹介する商品の拘りと、他社の品物との違いを分かってもらい購入してもらう！　もし、ライバルの品物が偽装でもしていたとしたら、話は別だがな」

編集長の言葉に恭子は「そうです、それなのです！　他社が販売している物が偽装の可能性があるのです。だから取材させて下さい」恭子は勢いで言ってしまった。

「本当なのか？　偽装の商品なら我が社の値段が高いのも読者に理解されるし、もしもそれが原因で坪倉さんが事件に巻き込まれていたなら、もの凄いスクープだぞ！」急に重久編集長の目が輝き始めた。

「それを取材させて下さい！　何か必ずあると私は思っています」

「よし、もしも本当なら、もう一度『本物の白えび』のタイトルで売れるぞ！　通販画報の知名度が飛躍的に上がる！　かき揚げが売れるとかの問題では無い！　当社の姿勢が世間に認められるチャンスだ！　田辺君と金沢君は私が許可する。実体を取材しなさい！　社長には私が伝えて許可を貰う！　他の仕事は別の者にやらせるから、二か月で目処を付けてくれ」

恭子は勢いで言ってしまったのだが、重久編集長はすっかりその気になって、白海老のかき揚げは高くても話題で爆発的に売れるだろうと考えた。


話しが終わって恭子自身も「なんで言ってしまったのか」と呆れていた。

真希の切実な言葉に打たれて売ると決めたのと刑事の話が混乱して、自分の中で事件を作ってしまっていた。

早速翌日から、取材の為に富山に行く事になった。


その前に真希に連絡をすると「今までどおり白えびを三匹載せると、かき揚げの原価が二割は上がります！　六十グラムのかき揚げを造るのに海老だけで三割近いのです、原価計算を何回もしてみましたが、冷凍でも赤字になってしまいます。お姉さんの処に入る長島さんの商品の値段を聞いて、なぜそんな安価でできるのかと不思議でなりません」

恭子は真希の言葉を聞いて、編集長との話を簡単に説明し明日、富山に行くと言った。

「私はもうひとつ、真希さんの両親の焼死の事件も調べる予定です」

「やはり事件性があるのでしょうか？」

「はい、警察は放火の疑いを棄てていません、放火殺人かも知れません」

「私も時間が許す限り、協力します」

「かき揚げなのだけど、何を偽装すれば単価を下げられるの？」

「そうですね、一番高いのはやはり海老ですね！　他野菜も産地を指定しないとか、外国産なら安いですすね、でも生協さんなら産地証明書を……」と言って言葉が止まった。

「どうしたの？」

「父は商品の発送の時に、証明書をロットの度に商品と一緒に封入していたのを思い出しました」

「坪倉さんは几帳面な方だったのですね」

その様な話しで電話を切った恭子は、頭の中に産地証明書の言葉がひっかかっていた。

もしかして、工場に置いてあった産地証明書が目的？　それだけで放火殺人までするだろうか？　その様な物がそれ程大事なのか？　との疑問も同時に恭子の脳裏に湧いた。

台湾に向かった丸田は陳に面会して、いきなり長島物産は上場会社のマルヒンが買い取る事になったと説明した。

今後貴方の亀山有限公司は、マルヒンと取引が出来る様になります。

富山の小さな企業が上場会社の傘下に入る事で、陳さんにも大きなビジネスのチャンスが生まれる事になりますと説いた。

今交際されている南浦咲子さんとの結婚も、当社の社長が責任を持って執り行いますと話した。

咲子の話に驚く陳に詳しく経緯を説明すると、直ぐに納得して
「咲子さんの父上の会社の社長が私達の仲人をして下さるのですか？」

「その通りです、陳さんは日本で商売が簡単に出来るようになります。そしてマルヒンの後ろ盾で販路も広がります。今お持ちの長島物産の株式とマルヒンの株を交換して頂ければ、総てが現実の物になります」

その言葉に陳は未来が明るく開ける想いがして、二つ返事で応じた。

二十七話

「社長！　話しはスムーズに決まりました」丸田の声は弾んでいた。

「台湾で遊んで来い！　ご苦労だった」鬼頭は受話器を切ると、満面の笑みで「長島社長に来週会う段取りをしなさい」と秘書に内線で伝えた。

これで長島物産を買収できたので、早速人事を考えなければと社員名簿を見始めたる。

そして「この男が適任だな！」

メモ用紙に、社長、種山慎治、製造部長　北畠政男、会長、長島輝男と書いて長島の横にご苦労様と小さく書きそして笑った。


丸田は陳に、結婚が決まるまで誰にも話さないで下さいね、勿論南浦さんにも内緒にして下さいと頼んでいた。

「一週間程度の時間を頂ければ、総て整いますので、その時は晴れて婚約の運びになります！」

その言葉を聞いて、陳は忙しい合間を縫って日本に行こうとしていた。

咲子に会いたい気持ちでいっぱいになり、咲子に連絡をして東京に行くと告げた。

恭子は聡子と一緒に富山県警を訪れて、崎田刑事達に面会をしていた。

崎田は驚いて「通販画報さんが、事件の記事を書かれるのですか?」と言った。

「いいえ、事件が食品の偽装に関する場合は書くという事です。その為に私達は徹底的な取材をする様に編集長に命じられて来ました」

「はあ? 放火事件が何故? 食品偽装に繋がるのですか?」怪訝な顔で尋ねる崎田。

山岸刑事が「偽装よりも金本商事の買収によるトラブルの方が、現実的ですよ」と口を挟む。

「その様な事が起こっているのですか?」

金本商事が最初に目を付けたのが坪倉で、断られて長島物産の買収に乗り出した。

技術が無いので三井に頼んで盗ませた経緯があるので、再び三井に頼んだ放火だと山岸は理屈を話した。

恭子は言葉を飲み込んで、「何か掴めばお互いに連絡をしましょう」の崎田刑事の言葉に送られて警察を出た。

真希の会社に向かった恭子は開口一番「長島物産のかき揚げの仕様書(商品カルテ)が見たいのだけれどありますか?」と尋ねた。

「ここには無いけれど、姉の会社にはあると思います」

真希が連絡すると、当社で扱っている拘りのかき揚げの仕様書はあるけれど、一般用の仕様書は取り寄せないと無いという返事だった。

取り敢えず今ある仕様書をＦＡＸで送って貰い、一般用は後程取り寄せて貰う事になった。

しばらくして送られて来た仕様書には

商品カルテ

商品名　白海老のかき揚げ　容量　六〇g　入数　五〇ケ×二合
製造者　株式会社　長島物産　住所、電話、ＦＡＸ番号が記載されている。

原材料名・添加物	等配合率	産地、メーカー	遺伝子組み換え
タマネギ	四七・四	北海道、兵庫	
小麦粉	一六・六	国内産	nonGMO
人参	一〇・一	北海道	
白えび	九・一	富山	
いんげん	四・六	鹿児島、愛知	
植物油（菜種）	三・七	明治オイル」	nonGMO

商品特徴及び栄養効果

富山県の特産品の白えびと新鮮な野菜をカラッとかき揚げにしました。えびの中でも高タンパクの旨みのある味わいが楽しめます。

料理例（料理上の留意点）

袋から取り出して器に移し替え、電子レンジで約一分温めて、そのまま又は丼・麺類用にお召し上がり頂けます。（調理時間は、機種により多少異なりますのでご注意下さい。）加熱調理の場合は、冷凍のまま一六五℃〜一七〇℃の天ぷら油（サラダ油）で約一分揚げてお召し上がり下さい。

賞味期限　開封前　三六六日　保存方法　冷凍マイナス一八度
　　　　　開封後　二日　　　　　　　　冷蔵　一〇度以下

（製造工程図）　原料野菜検品↓洗浄↓スライス↓水さらし↓水切り↓野菜計量↓混合↓整形↓白えびトッピング↓油調（一六〇℃一三〇秒）↓芯温チェック↓油切り↓小麦粉↓加水↓撹拌↓計量↓」↓品質チェック↓目視検査↓金属探知機↓急速冷凍（マイナス三〇）↓包装↓梱包↓冷凍保管↓出荷↓検食保管

と細かく規定の通りに書かれていた。

「これなら真希さんの会社の物と殆ど同じだわね」

「そうですね、これで価格が大きく異なるのは納得出来ません」

「この中で大きく異なるのは、冷凍の海老位ですよね」

「冷凍も生も価格的には変わりません、唯一変わるのは殻を剝きやすいので、その作業に人件費が減る程度です」

「うーん」恭子はカルテを見ながら唸ってしまった。


その夜、自宅に亜希からＦＡＸが届くと「小麦粉が海外産、油が不分別、野菜が国内産、それだけが違うだけですね」恭子に手渡す真希の顔に疲れが見えた。

「器械が大型で、一度に沢山造れても、そんなに安くならないよね」恭子もこの一般品が生協ファーストネットが販売している物よりも、更に安いと思うと、気が重たくなった。

恭子は真希の落胆の表情を見て「真希さん、これは偽装よ！　明らかに違いが大きすぎるわ、私達がこの謎を解明してあげるわ」と元気付けるのが精一杯だった。


南浦博之は自宅に帰ると「伸子！　咲子の結婚許してやろうか？」と力無く言った。

「どうしたの急に？」夫の急変に驚く伸子。

「実は社長に今日呼ばれて、咲子の婿は前途洋々とした男だ、外国人だと差別しては駄目だ！

私が仲人をしようと言われたのだよ」

「何故？　社長さんが咲子の事を知っているの？」

「うちの会社と取引がある上場会社マルヒンの社長が、うちの社長に直接言われたらしい、私も定年までもう少しだし、結婚を承諾すれば仕事の延長も考えてくれると言っていた。年金は期待出来ないので仕方が無いと思ったよ！」

会社命令の様な言い方をされたのだろうと、伸子は悟った。

二十八話

夜、帰宅した咲子に父博之が「日本に住んで貰えるなら、陳君との結婚を許そうと思う」と嬉しそうでもなくぽつりと言った。

「本当、本当なのね！　嘘じゃ無いわよね！」満面の笑みで父に確かめる様に尋ねた。

伸子が横から「本当ですよ、お父さんの会社の社長さんが仲人して下さるのよ」

「えー！　社長さんが仲人？　もうそこまで決まっているの？　嬉しいわ」

そう言うと母に抱きついて喜んだ。

「明日、彼日本に来るのよ！　喜ぶわ！」

結婚の話は、既に陳に届いて、彼も今度の日本行きは最高の気分で行く事が出来ると喜んでいた。

翌日、羽田空港に迎えに行った咲子は、満面の笑みで陳を迎えてそのままホテルに直行した。

「仲人も父の会社の社長さんがして下さるのよ」

「皆に祝福された結婚になったね！　良かった」

二人は喜びの中で久しぶりの愛を確かめ合った。

太い腕、分厚い胸板に抱かれる幸せは咲子に最高の幸せをもたらした。


マルヒンの鬼頭は長島物産に電話をして、緊急株主総会を開く様に提案した。

「急にどうされたのですか？」と驚いた。

「金本社長が持ち株を私に譲りたいとの申し出があったので、長島さんには会長職に退いて頂こうと思いましてね」

「えっ！　その様な事はお受けできません！」長島は驚いて、電話を切ってしまった。

直ぐに社内の株式を持っている大山品質管理課長、鈴木専務、藤田部長の三人を呼びつけて確かめた。

三人は揃って「私共が会社の株式を誰かに売却する事は考えもしません」と言った。

「その様な話しも知りません、どうされたのですか?」

「マルヒンの鬼頭が、金本商事の株を譲り受けたそうだ」

「金本商事には注意をしなければと申しましたが、予想通りでしたね！　でも二人の株を合わせても四十八パーセントで、過半数には届きません！　その他大勢の株を集めるのは大変ですし、集めても難しいと思います」

「だが、鬼頭は自信がある様に言ったぞ！　我々以外の沢山株を持っている湊水産、井出組合長、亀山有限公司に尋ねろ！　富山市長から丸田と云う人物が取引をする為に株を譲って欲しいと言って来たと聞いた時、もっと調べるべきだった」

「その様な話しがあったのですか?」驚く鈴木専務。

「湊水産、井出組合長、亀山有限公司の何処かが売らなければ、過半数にはなりません！　どことも仕入れ先ですから、その様な誘いには乗らないと思いますが」

「だが、湊水産の仕入れは昔に比べて減っている、井出組合長とも最近は……」と弱々しい長島社長の声。

「亀山有限公司からの仕入れは昨年からは数倍になっていますし、今年の仕入れも膨大な量を決めていますので安泰ですから、大丈夫です！」

「早速確かめて見ます」

鈴木と藤田が直ぐに社長室を出て行った。

しばらくして二人が戻って来て
「社長！　湊水産も井出組合長も、丸田に譲ったと言いました」

「もう取引が減ったので、必要無いでしょうと言われました」

「あいつら！　亀山はどうなのだ！　まさか売っては無いだろうな！」

「それが、携帯電話には繋がりません！　台湾の工場に連絡すると日本に行ったと聞きました」

「何！　彼は忙しくて今月は来日出来ないと言ったぞ！　鬼頭の処に行ったのか？」

「いいえ、東京に行ったと聞きましたので、違うと思います」

「東京か？　マルヒンでも金本でも無いな！」安心した様に言ったが、内心穏やかでは無かった。

今年から販売数が増えて、軌道に乗る予定が今乗っ取られたら、今までの苦労が水の泡だと焦る長島社長。

陳は咲子とのデートを楽しんで、一泊二日で台湾に戻り、携帯に長島からの連絡が届いたのは夜になっていた。

「ようやく、繋がった」開口一番長島社長が言った。

「どうされたのですか？」

陳は冷静に答えた。

「君、鬼頭社長に株式を売ったのか？」

「いいえ、売っていませんよ！　同じ株数を持っていますよ」

「そうか、それなら良い！　変な電話をしてすまなかった」

陳は株式交換でマルヒンの株と交換しただけなので、売っていないは正解だった。

翌日長島社長はぎりぎりで、過半数を保持したと思い鬼頭社長に「いつでもお越し下さい」と豪語した。


恭子と聡子は仕様書に基づいて、野菜の値段、海老の相場、粉の値段、油の値段の調査を始めた。

真希から現在使用している産地証明書を見せて貰ったが、以前の坪倉の工場にあった証明書は総て焼失してしまったと聞いた。

「この様な証明書のコピーを父は納品先に同封していました」

「だとすれば、宇奈月庵さんには残っていますよね」

「棄てられていなければ、残っていると思います」

「過去の取引の得意先を教えて貰えませんか？　坪倉さんの証明書が見たいのです」

「簡単に言えば、ここにある産地証明を束ねてコピーして、封筒に入れて送っていました」

「お姉さんの戸部さんにも？」

「お姉さんの処には多分送ってないと思います。お店から要望があれば、姉が連絡してきて、書類に書いて送っていました」

「すると、旅館とかの直接取引の処ですね、通販画報も産地証明書は要求しませんでした」

「生協さんとか、健康食品の問屋さんは要求しますね」

「じゃあ、生協ファーストネットは要求していますね」

「あそこは拘りの生協ですから証明書は必須だと思います」

「でも産地証明の場合、生野菜ですから毎回変わる可能性がありますよね」

「父は旅館さんに送るので、その時の産地を記入して送っていました」

恭子は口には出さなかったが、三井がこの坪倉に来たのは産地証明書が目的だったのでは？と思った。

二十九話

坪倉孝吉は恭子に「今度お越し頂いた時に面白い話をしましょう」と言った。

「面白い話って？　何ですか？　商売の話しですか？」

「勿論商売の話しに関係ありますよ！　まだ確定はしていませんが、私の見立ては正しいと思いますよ」と話した言葉の意味が繋がってきた。

坪倉に勤めていた三井は坪倉さんが野菜、海老の産地証明書を持っている事を知っていたので、証明書が欲しいと交渉をしようとした。

だが坪倉さんは三井の申し出を断ると同時に、産地偽装に気が付いたのではないか。

その為、深夜三井は坪倉さんの工場に盗みに入った。

坪倉さんが納期に追われて、早朝から工場に来てしまったので鉢合わせた三井は坪倉さん夫妻を何らかの方法で気絶させて、工場に火を放った。

恭子の推理には、証拠は何も無い。

憶測だけだ。だが自分の推理は的中している気がしていた。

長島物産と坪倉の価格の違いが、それを物語っている。

明日から証拠固めの取材に行こうと新たな決意をする恭子だった。

坪倉さんの無念と、食品偽装の実態を暴かなければ、東京には戻れないと思っていた。

翌日、宇奈月庵に向かう恭子と聡子、坪倉さんのかき揚げが無くなって寂しいですが、今月から娘さんの品物をメニューに復活させますと、嬉しそうに女将が言った。

早速用件を告げると、料理長は几帳面な人だから保管しているかも知れないと、連絡をしてくれて早速持って来てくれた。

貰った産地証明書は海老と野菜に付いていた。

それぞれの野菜の産地が書かれて、白えびは獲れた日にちが記載されているのを見て、改めて坪倉さんの品質高さを感じた。

二軒目の旅館、三軒目のホテルに行ったが、産地証明は届いた箱と一緒に棄てていると言って、保存はされていなかった。

明日は、石川県の加賀温泉郷の山中、山代、粟津、片山津の温泉をレンタカーで廻る予定にしている。

翌日、鬼頭社長が弁護士と公認会計士を連れて、長島物産を訪れていた。

余裕の態度で出迎える長島社長と鈴木専務と藤田部長。

「今月が決算なのでね、今月中に人事も決定して、東証にも報告をする予定ですよ」いきなり意味不明の事を言い始める鬼頭に「申し訳ありません、当社は無配ですので配当を期待されても御座いません、来期は業績が大幅に上昇しますので、復配出来ると思います」そう言って微笑む。

「取り敢えず長島さんには来期は会長と云う事で、もう少し頑張って貰おうと思っている」

鬼頭の言葉に顔色が変わる三人。

「鬼頭社長は大株主ですが、当社の人事に口出しは困ります」藤田部長が苦々しい顔で言った。

「長島さんはご存じ無い様だな、君！　見せてあげなさい」公認会計士に指示をすると小さな鞄の中から封筒を取りだして机に広げる。

「この委任状を合わせますと、五十一パーセントを少し越えると思います。ご覧下さい」

慌てて書類を手に取って見る長島社長の顔が、見る見る青ざめていった。

「これは！」そう言って机に置くと、横から鈴木専務が手に取って見ると「何故だ！　亀山有限公司の陳は株式を手放してないと……」

「納得頂きましたかな、長島さんの株式も買い取らせて頂きますよ！」そう言って微笑む鬼頭社長。

「一応、長島さんには今期、代表権のある会長に留まって貰うが、それは持ち株を売るのが条件だ！　社長には種山慎治、製造部長　北畠政男の二人を送り込むので、他の人事は現在の役職を存続して頂いて結構だ」

そう言われて急に鈴木専務も、藤田部長も安どの顔に変わっていた。

力を落として放心状態になっているのは長島社長だけだった。

「長島さんには当社の株式を持って貰う予定だ！　気を落とさずに今後とも長島物産の発展と、マルヒンの業績を上げる事に尽力して欲しい。来期の業績次第ではマルヒンの重役に迎える予定だから、頑張ってくれ！」そう言って力付けるが、鬼頭は我が世の春と云った笑みをみせた。

その頃、恭子は聡子と一緒に行った粟津温泉で、二枚目の産地証明書を手に入れて、野菜はその時期に応じて農協から仕入れているのがよく判った。

季節と旅館の要望で、タマネギ、人参、と大葉が変わってインゲン、小松菜、三つ葉が入っている。

「これだけ色々変えて、旅館の要望を満たしていたのね」

「市場で買った品物にも、仕入れた生産者の名前が書いてあるのには驚きですね」

「次、片山津の温泉に行きましょう」

「今夜は片山津に泊まって、明日は芦原温泉ですね」

聡子は温泉巡りをしている気分になっていたが、恭子は限られた時間で偽装を発見しなければ、自分も仕事を失うと思って焦っていた。


夜になって盛田敦子が携帯に電話してきた。

「驚かないで聞いてよ！」

「何よ！　脅かさないでよ！」

「企業のＩＲが出たのよ！」

「ＩＲって何よ？」

「ＩＲ」とは－【Investor Relations】企業による、投資家に対する広報活動。企業を投資対象としてとらえる投資家が増えるとともに、経営判断の妥当性やその根拠を、企業側から投資家に対して広く明確に伝える必要のある事柄を発表する事。

「マルヒンが、長島物産を百パーセントの子会社にすると発表したのよ！」

「あの長島社長が売ったの？」

「違うわ！　乗っ取ったが正しいでしょうね！　でも人事も発表されて、長島さんは会長、新しい社長は種山って人よ」

「長島さんは代表権あるの？」

「あるわ、代表取締役会長ね、種山社長と北畠製造部長が入っただけだわ」

恭子は自分が調べている事が無駄になるのでは？　と不安が大きく心を包んでいた。

三十話

マルヒンの傘下に入った事で、世間から長島物産は注目されて、株式会社マルヒンにとってどれ程の価値があるのかと、投資家の調査も始まっていた。

翌日にはマルヒンの株価が早くも動意付き、長島物産の今期も来期も相当な売り上げに寄与すると買い進まれた。

長島社長も昨日のショックから立ち直って、株式交換でマルヒンの株を貰えるなら、それ程悪い話しでも無いと思い始めた。

株価がストップ高の買い気配で値段が付かなかった事が、大いに気を良くした原因だった。

長島物産の株式は上場していないので、価格は殆ど動く事が無いが、マルヒンの場合は材料で動く。

それは亀山有限公司の陳も同じ気分になっていた。

だが、今は株券が届いていないので、売り買いは出来ないが、皮算用は充分に出来る陳。

毎日工場はフル活動で、陳も中々日本に行く事が出来ない状況になっていた。

だが陳にマルヒンの経理部長から、売り上げが以前より相当上昇すると思うので、支払いサイトを一か月延ばして手形を発行したいと要望が来た。

それは取引先総てと合わせる為で、特別扱いが出来ないと言った。

陳は渋々受け入れるしか術は無く、一か月分の資金を銀行で借りなければならなかった。

恭子と真希は戸部から貰った長島の商品カルテを元に、仕入れ先を一軒ずつ回って値段を調べる事にした。

長島物産の原価が幾らになって、ＴＵＢＯＫＵＲＡと幾らの格差があるのか?

「明治オイルは仕入れが無いから、困ったわ」

「そうね、野菜は今なら人参は九州ね、タマネギは北海道、インゲンも北海道だわ、粉は伊東製粉って書いてある」

「聡子手分けして、尋ねてみましょう」

だが、簡単には値段は教えて貰えず、直接取引は出来ないと断られてしまい、油も粉も価格は不明なままだった。

ましてや長島物産への価格を教えて貰える筈も無い。

「野菜の値段だけでも、相当違うわね！　一般品と拘り品の価格の差も判らないわ」

長島物産は特殊な製品は製造していない。

総てが人参、タマネギ、インゲンで、坪倉の様に旅館向けの品物を造っていないので、価格は安定していると考えた。

そこに足立が「北海道が不作でインゲンは高騰し、今は手に入りませんよ」

「冷凍でしょう?」

「冷凍も全くありません！　余程買い込んでいなければ無理だと思います」

「このカルテを見ると、四・五パーセントだわ、それでも相当使うわね！　足りない可能性があるわね」

「今年の分は去年確保していても、来年は絶対に無いわね」

「他の野菜は?」

「人参とタマネギは充分あるから、大丈夫だわ」

恭子達の調査は暗礁に乗り上げた。

翌日も株価はストップ高で、長島社長は喜んでいたが、もう一つ大きな問題が持ち上がっていたのだ。

それは来月からやって来るマルヒンの社長と、製造部長北畠の存在だった。

長島社長も、大山品質管理課長も製造部長が来れば、製造ノウハウがマルヒンに流出してしまうと困っていた。

だが翌日、朗報がもたらされた。社長の種山は来るが北畠は引き継ぎの関係で少し遅れると連絡が届いた。

長島社長は大山課長と協議をして、インゲンを使わない事にする。

「小松菜を代用品に使う事は以前から考えていました。インゲン高価で品不足ですから入手が困難です」

「小松菜で行こう」長島の決断は早かった。

数日後、今年度の製品にはインゲンを使用しないと、全取引先に連絡が送られた。

その連絡は直ぐに真希達にも亜希から伝わって「予想通りだったわね！　インゲンが無いのは何処も同じね」

喜んだのは真希で「これで生の威力が証明されますね！　通販画報さんの商品はインゲン使用ですからね」

「流石だわ！　ＴＵＢＯＫＵＲＡの名誉回復ね！　長島物産では絶対に真似が出来ないわね」

恭子も今月発売されるかき揚げを自信を持って、読者に勧められると思った。

ＴＵＢＯＫＵＲＡは生の原料使用が基本だから、旬の野菜を仕入れ出来る今なら、インゲンが手に入るのだ。

長島物産の申し出に驚いたのは咲子で、小松菜に変更するなら産地証明と商品カルテの再提出をして欲しいと依頼をした。

大山課長は九州の福岡産の小松菜の冷凍を使用する段取りをして、咲子に連絡すると渋々了承をした。

そんな時、恭子は咲子に連絡をして、一度会いたいと申し込んでいた。

自分が調べた事と、咲子の貰っている使用品カルテ、産地証明書を見せて貰いたいと思っていた。

長島物産がどの様な商品カルテを生協ファーストネットさんに提出しているのか？　それが知りたいのだ。

聡子と恭子は一週間以上坪倉の自宅で調査をしたが、決定的な証拠を掴む事が出来なかったので、今度は咲子の力を借りる事にしたのだ。


久々に品川近辺の居酒屋に二人は向かった。

恭子は「咲子さんの生協と私の通販画報の価格差が、益々開いたので編集長が違いを調べなさいって言うのよ」と切り出した。

「何が知りたいの？」

「商品カルテとか、産地証明書を見せて欲しいのよ」と頼み込む。

「恭子さんの頼みでもそれはお見せ出来ないわ！　第三者に見せないのがルールだからね」

「じゃあ覚えている範囲で、言わなくていいから私の質問に頷いて欲しい」

咲子は恭子の願いを渋々聞き入れて、覚えている範囲で頷く事で了承した。

三十一話

「先ず小松菜に変更になったけれど、産地は何処？　九州？」

頷く咲子。

「人参は？　九州？」

頷く咲子。

「タマネギは北海道よね」

同じく頷く。

「油は菜種で、分別品の明治オイルよね」

頷く。

「粉は国産品の伊東製粉？」と言うと
首を振る咲子。

「白えびは湊水産よね！」と尋ねると
再び首を大きく振る咲子。

「えー、湊水産では無いの？　じゃあ何処よ！」

「それは答えられないわ！　でも湊水産の産地証明書では無かったわよ」そう言ってグラスを

口に運ぶ。

確か長島物産は湊水産と取引をしていた筈だが、咲子が否定をするので、勘違いだったのかと思う恭子だった。

だがそれ以上の追求は止めて、世間話と近況の話に変えた。

すると咲子は来年春には結婚をする事が決まりそうだと、嬉しそうに話した。

「おめでとう！　相手はどんな人なの？」

「筋肉隆々で逞しく、とっても優しい人なの！」そう言って惚気る。

「何処の人なの？」

「少し遠いのよ、でも東京に住んでくれるのよ」

恭子は相手が北海道か？　九州の人だと勝手に思い込んで話しを聞いていた。

すると咲子は、父親の会社の社長さんが仲人をしてくれるとまで具体的に話してくれた。

「今度一度紹介してね」

「今度東京に来たら紹介するわ、彼忙しくて今度いつ東京に来るか判らないの」

「寂しいわね」

「大丈夫よ、毎日メールが沢山来るから寂しくないわ」とまた惚気た。

翌日、恭子は真希に電話で「富山で白えびの取扱量は何処が一番多いの？」

「そうね、湊水産と赤木水産が多いと思いますよ、その他の会社は白えびの取り扱いは少ないと思いますよ！　ホタルイカ、鰤の方が多いと思います」

「そうなの？　実は生協ファーストネットの商品には湊水産の海老が使われていないと聞いたわ。もしかして赤木水産さん？」

「それは絶対に無いです。赤木水産は父と親しくしていまして、長島物産が白海老のかき揚げを造ると決まった時、三井の事もあったので長島物産には絶対に納品しないと聞きました」

「そうなの？」

「恭子さん、長島物産は生協さんの商品には何処の海老を？」

「それは判らない、守秘義務で教えて貰えなかったわ」

「長島物産程の量を納入出来るのは、赤木水産か湊水産以外無いと思うのですが？　私の知らないルートがあるのかしら？　一度調べてみます」と言って、電話が終わった。

　真希は赤木水産に他の用事もあったので、出向いて行くと偶々社長の赤木智一が居たので、恭子に聞いた事を話した。

「湊水産が、長島物産の株式をマルヒンに譲った話しは本当だったのだな！」と言った。

「長島物産の株を湊水産さんは持っていたのですね」

「そうだよ、元々天ぷらの原料も沢山納入していたからね、その後かき揚げを作る時も白えびを納入していたが、最近は大幅に取引が減った様だったな、一度社長がぼやいていた」

「じゃあ、何処から天ぷらの材料を？」

「多分海外か、他の水産会社だろう」

「海外？」

「外国からの輸入品には価格では勝てないよ！　天ぷらも価格競争が激しいからな！　白えびも外国産は安いからね」

「海外でも白えびが獲れるの？」

「台湾の白えびは富山産と殆ど同じで、見分けが出来ない程だ！　価格は三分の一程度だな」

「えー、そんなに安いのですか？」驚く真希に「冷凍だから真希ちゃんの工場では使えないけれどな！」そう言って微笑む。

「台湾で一杯獲れるのですか？」

「台北から少し離れた処の島の近辺で獲れるらしい、確か亀山島だったな」

真希は驚いて会社に戻ると恭子に、その話しを伝えた。

「台湾で獲れるのね！　もしかして長島物産の白えびは？　それ？」

値段の違いも充分に納得出来るが、それは完全に産地偽装、食品偽装になる。だが証拠が無いので、まだ口外は出来ない。証拠を見つけなければ、海老だけが偽装なのか？　いや、あの安価なら、ほかの材料も産地偽装の疑いがあると恭子は思った。

翌月、予定通り通販画報は発売されて、白海老のかき揚げの価格は生協より二・五倍になっていた。

しかし、恭子の文章で総て生の白えび、産地直送の原料を使用と強調し、白えび漁の殻を手剝きする写真、野菜の新鮮さが伝わる写真も数多く掲載し、その効果もあり売り上げは、値上げされたぶん少しは減ったが、昨年と殆ど変わらない売り上げを確保することができた。

咲子が心配して「高い値段だったけれど売れましたか？」と連絡をくれた。

「心配してくれてありがとう！　豊富な写真と解説で売り上げは前回と同じだったわ。坪倉さんのかき揚げの味が一番の要因だけどね」

「良かったわ！　心配していたのよ！　先日尋ねていた産地証明の事で調べてみたのだけれど、白えびの仕入れ先は富山では大きな水産会社だったわ」と咲子が話した。

「ごめんね！　反対に心配させて！　最近は外国からも同じ様な海老が輸入されているらしい

から、気になったのよ！」

二人の電話は終わったが、咲子は、恭子の海外という言葉が気になった。

海外の何処から輸入されているのかを咲子はインターネットで調べた。

画面を見る咲子の顔から血の気が引いた。

台湾亀山島で富山と同じ白えびが獲れると書かれている。

通販サイトがあったので、注文して調べてみる事にした。

「全く同じでは無いのよ！」そう自分に言い聞かせて、富山の土産物のサイトで今度は富山の白えびを注文して「値段が三倍！」と口走っている事に気が付かない程、慌てている咲子だった。

三十二話

日曜日に白えびが咲子の自宅に届いた。

朝宅配便の人が二つの荷物を持ってきた。

咲子は恐る恐る包みを開くと母の伸子が「まあ、同じ物を二つも買ったの？　白い海老が二キロも？　食べきれないわよ」笑う。

「お母さんこの海老見分けが付く？」

「えー、これ同じ海老でしょう？」

並べられた海老を見て二人は全く見分けが出来ないと、食べてみる事にする。

父の博之には何も言わずに、食べさせて感想を聞いてみる事にした。

素揚げの状態にして、食卓に並べて食べてみる三人、特に博之の意見を注意して「お父さんこの皿の海老とこちらの海老を食べて、味とか違う？」

博之は不思議そうな顔をして「これ違うのか？　全く同じだと思うけれどな」と答えたので
「これは富山の白えびで、こちらが外国の海老よ！」

博之は驚くが「世の中には同じ種類の海老は多いからな」そう言って笑ったが、咲子は笑えなかった。

自分の婚約者は亀山島の名前を冠にした会社の社長さん、長島物産には年に何度も来ている。

恭子さんは値段が違い過ぎると疑いを持っていた。もし自分の彼氏を紹介したら直ぐに見抜かれてしまうと思った。

咲子は長島物産が偽装をして、その片棒を自分の婚約者が担いでいるのだろうか？　の疑念いた。


をこの時から抱く様になった。

でもそれを敢えてメールで聞く事が出来ない。

咲子の不安はこの日から始まったが、それでも陳さんは偽装には関与していないと信じていた。


翌月、長島物産に製造部長として着任した北畠は張り切っていたが、大山課長から産地偽装の実体を聞かされて愕然とした。

取り敢えず鬼頭社長には内密で、変更出来る部分から変更する様に指示をして、取り繕う事にした。

今の販売量では、総てを交換する事は不可能だから、苦肉の策で白えびを混合にして湊水産から白えびを仕入れる様に変更をした。

陳の亀山有限公司はこの偽装の事は全く知らなかった。

注文が大量に来るので、昼夜を問わずに製造し納品をして、売り上げが倍増して喜んでいただけだった。

来年には日本で、咲子との生活が始まる予定で、住居も品川の実家の近くに高層マンションを購入する準備をしていた。

真希は自社で使っている菜種油の会社、第一油脂の営業に明治オイルの事を尋ねていた。第一油脂の営業が、遺伝子組み換えの油の値上げのお願いに来たので、思い切って尋ねたのだ。

営業の山田は、明治オイルさんは大手ですが、遺伝子組み換えではない菜種油は自分の会社に比べて比較になら無い程少ないと言った。

「長島物産に沢山納入していると思うのだけれど、調べて貰える？」

「何故？　長島物産の油を調べなければならないのですか？」

「私の会社だけが値上げ出来ないでしょう？　長島物産も遺伝子組み換えではない油を使っているのよ」

「あの会社の生産数の油を明治オイルさんが用意出来るとは思いませんね」

「それじゃあ、一部の商品だけでも使っているのでしょう？　とにかく調べて」

「それは無理ですよ、あそこの工場見た事がありますが、ローリーを使っていると思いますよ！　そんな簡単に商品別に油を変更出来ませんよ」

この言葉は真希には大きな衝撃だった。

自分の工場では十八リットル缶を、一缶単位に開封して使っているので、同じだと思っていたからだ。

「でも調べて、明治オイルは遺伝子組み換えの油は造ってないの？」

「少量ですが造っていますよ、でも特定の工場に納品しているか、病院の食堂とかですよ！十八リットル缶しか造っていません」

真希はそれでも調べて欲しいと山田に頼み込んだ。


翌日山田は笑いながら「笑われましたよ」と電話をしてきた。

「誰に笑われたの？」

「明治オイルの営業マンに直接尋ねたのですよ！　よく会いますからね」

「それで？　どうだったの？」

「長島物産には時々行きますが、自社の油は勿論、他社の油でも遺伝子組み換えでない分別品の油は見た事も無いし、十八リットル缶の空き缶もお目に掛かった事は無いと言いました。私の話した通りだったでしょう？」


真希は直ぐに恭子に聞いた話を伝えた。

「油も偽装の可能性が高くなったわね、海老も台湾産の可能性が高いわね」

「他の粉等も偽装の可能性がありますね、調べて見ます」

真希も恭子もこの日から一層、偽装解明に力が入り始めた。

だが数日後、姉の亜希が「真希、驚く自体になったわ、長島物産が来月出荷の製品から商品カルテを大幅に変更すると伝えて来たわ」

「えー、どの様に変わったの？」

「送るから見て、驚くわよ」

しばらくして送られて来た商品カルテを見る真希の顔色が変わった。

商品カルテ

商品名　白海老のかき揚げ　容量　六〇g　入数　五〇ケ×二合
製造者　株式会社　長島物産　住所、電話、FAX番号が記載されている。
原材料名・添加物　等配合率　産地、メーカー　遺伝子組み換え
野菜
タマネギ　五七・四〇　国内産
人参　四・四八　国内産
白えび　四・〇四　富山
小松菜　一・七九　国内産

衣	一五・二五		
小麦粉		国内産	
コーンフラワー		アメリカ	分別
デンプン		アメリカ	分別
植物油（菜種）	一〇・七六	明治オイル	不分別
水	六・二八		

三十三話

「この様な品物に変わったら、生協ファーストネットには納入出来ないでしょう？」

商品カルテを送りつけられた恭子が驚いて真希に言った。

「でも来月も生協ファーストネットには、納入される様ですよ」

「それって、どう言う事なの？　生協の商品は別に造るって事なの？」

訳が判らない恭子は思い切って友川に連絡をする。

友川は冷静に「田辺さん、何を慌てているのですか？　長島物産さんでは生協ファーストネットとワンディの商品だけ従来の仕様で生産されるのですよ」

「えー、そんな事が出来るのですか？」

「生産量が多くなったので、別けて作る事になったのですよ、マルヒンさんが入られたので、資金に余裕があるので、その様な事が出来るのですよ」

友川に鼻で笑われてしまった恭子は、今度は咲子に連絡をして真意を確かめる。

「恭子さん、実はかき揚げは以前と同じよ！　仕様が変わった話しは聞いたけれど、浅村課長も了解済みだから、問題は無いのよ」

「それって、ワンディの商品と生協ファーストネットの商品は従来の仕様って事？」

「そうだと思うわ」

「思うって？」

「浅村課長が直接長島物産と交渉されたので、私は関与していないの」と答えた。

ワンディの大崎も友川も長島社長に、二度も女性を斡旋して貰ったので、総てをもみ消してしまう。

生協の浅村課長も森村楓との写真を見せられて、窮地に立ってしまった。

お互いに独身なので問題はないが、二人の間に別れ話が出ていたので、今その様な話が生協内に広がると浅村課長には致命的なのだ。

全部の商品は全く以前と変わらないのに、不思議な事に二社以外の仕様書だけが変わっていた。

戸部ではこの仕様変更で、取引が出来ない取引先が続出してＴＵＢＯＫＵＲＡの商品に変更すれば良いと説得するが、こんなに価格が異なっては販売出来ないと言われてしまった。

戸部の取引先の一つの健康食品の問屋、ＭＪＡは独自でかき揚げを製造してくれる工場を探し始めた。

恭子はこの状況を富山県警に話すことにした。それは坪倉の放火が今回の事に関連しているのではないかと思っていた。

そして、事件の経過も聞きたいと思った。

翌日、連絡をして富山県警に向かい、そのまま真希の自宅に行って今後の対策を考える事にした。

編集長との約束まで後一か月と期限が近づいていた。

「田辺さん、何か新しい事実が判りましたか？」

崎田刑事と山岸刑事が何かを掴んでやって来たと期待して聞いていた。

「刑事さんの方は何か新しい事は？」

「判った事は、金本商事には三井は全く連絡をしていない事ですね、したがって金本商事はマルヒンに長島物産の株式を譲渡したので、完全に手を引いたと云う事です」

「田辺さんの方の収獲は？」

「三井がもしも犯人で、坪倉に忍び込んでいたのなら、目的は産地証明書では無いかと思われます」

今まで言わなかったが、現状を打開するにはこの方法しか無いと打ち明けた。

「産地証明書？　何ですか？」

恭子は産地証明書の意味を説明して、坪倉さんが行なっていた事を教えて、コピーを差し出した。

「これが大事な物なのですか？」山岸が不思議そうに手に取って見る。

「何処かの取引先に産地証明書を要求された長島物産が、三井を坪倉に忍び込ませたが、納期に追われていた坪倉さんは深夜まで仕事をして、早朝からも工場に行った」

「そこで鉢合わせ！　ですか？　話しが出来すぎですね」山岸が笑う。

「じゃあ、長島物産の商品は偽装していたので、この証明書が貰えないって事ですよね」崎田刑事が笑みを浮かべた。

「山岸！　このお姉さんの推理が当たっているかも知れないぞ！」

「でもどの様に証明するのですか？」

「この様な証明書を依頼するのは、生協、健康食品関係、それと大きな問屋とかネット通販だと思います。長島物産の取引先を調べれば判ると思います」

「でもそれが坪倉さんの産地証明書を盗んだ物だとは、判りませんよ」

「いいえ、必ず取引の無い会社の証明書がある筈です」

「なるほど、長島物産と取引が無いのに、証明書だけがある物が怪しい訳ですね」

「しかし、坪倉さんはこの様な書類を品物と一緒に送っていたとは、几帳面な方ですね」

「そうです、それを知っているから、三井が忍び込んだのでしょう」

「証拠を隠す為に、放火したのか？　とんでもない男だな」

二人の刑事は恭子の推理でまた、捜査を始める事にした。

　夜遅く真希の自宅に着いた恭子は、刑事に自分の推理を話したと説明をした。

「お姉ちゃんの会社も困ってしまって大変よ」

「例の商品仕様の変更ね」

「私は何も変更はしていないと思うのよ、今までの事を正直にしたらあの様なカルテになったのよ」

「でもまだひとつ白えびが変わってないわよ！」

「流石にそれは書けなかったのよ！　そこを変更してしまうと、富山の製品では無いでしょう？」

「これだけ変更すると、証明書を要求する会社も現れるわよ」

「そうか、もしかしたら何処かに急に白えびを注文しているかも知れないわね」

「赤木水産が納品しないなら、湊水産だわ！　明日探ってみるわ」

「それが確実なら、偽装も確実だわ！　私一度台湾に見に行こうと思っているのよ」

恭子は、聡子と一緒に台湾の白えびの取材をしようと考えて居た。

暴露記事には必要不可欠だったからだ。

三十四話

種山社長と北畠製造部長が、神妙な面持ちでマルヒンの社長室を訪ねていた。

「この業績予想は、一体どうなっているのだ！」書類を見て、顔を赤らめて怒る鬼頭。

「実は、あの長島物産は信じられない会社でした」

「どう言う事だ！　その説明がこの業務見通しなのか？」

「はい、誠に申し上げ難いのですが？　この買収は大失敗で本体の基盤も揺るがしかねない大事で御座います」

「長島物産の業績も売り上げも、我が社に寄与する筈だが？」

「いいえ、内容は嘘の塊の様な会社で、長島社長は金本商事から融資を受けてかき揚げ工場を建設したのですが、利益を上げる為に……」と言葉を詰まらせた。

「早く言いなさい！　何があったのだ」

「かき揚げは原材料の偽装で、利益を上げていたのです」

「何！　粉か？」

「いいえ、総てです」

「総て？　白えびは富山の名産だろう？」

「いいえ、長島物産の白えびは殆どがと言うよりも、最近は総て台湾からの輸入品です」

「何！　台湾でも白えびが獲れるのか？」

「はい、社長もよくご存じの亀山有限公司から、大量に仕入れています」

「あの陳の会社から？　あそこは天ぷらの原料のすり身では無いのか？」

「あの会社の亀山は亀山島と呼ばれる島の名前で、その島で白えびが獲れるのです」

「直ぐに変更をしなさい」

「社長お言葉ですが、今の生産量を変更する事は不可能です、今は苦肉の策で地元産と混合して誤魔化しています」

「何と云う事だ！　長島はクビだ！」

「その様な事をすれば、直ぐに世間に実情を発表されて、我が社は存続も危うくなります」

「海老だけなら、この様な損失は出ません」横から北畠が口を挟んだ。

「まだ他にもあるのか？」

「粉も外国産、野菜は総て冷凍の外国産でした」

「何！　その様な原料なら生協も何処も取り扱いはしないだろう？」

「これが最初に出されていた商品カルテで、こちらは私達が出した新しいカルテです」

商品カルテを並べて机に置く北畠。

「この野菜は国産なのか？」

「はい、変更出来る物は総て変更しましたので、来期は利益が出ません」

「この仕様でも、生協は取り扱わないだろう？」

「それが、生協もワンディも長島会長が商談しまして、従来通り取り扱う事になりましたので、これだけの損失で抑えられました。もしも二か所が無くなれば損失はもっと多くなります」

「それはどう言う意味だ？　長島会長が商談して許されたのか？　大丈夫だろうな！」

　怯える鬼頭。

「しかし、今を乗り切るにはこの方法しか御座いません、一年程時間を使い徐々に修正していこうと、北畠君と相談して今日の報告になりました」

「この事情を知っているのは長島会長以外誰が居るのだ」

「多分品質管理の大山課長しか知らないと思います」

「これ程大規模な偽装を誰も知らないのか？」

「油はローリーで入りますから、全く違和感がありません、粉も野菜も近所の桂木食材が当日分を運んで来ますから、製造ラインに載せてしまえば誰にも判りません」

「私が、桂木食材の事を問い詰めて発覚しました」

「巧妙だな！　箱とか外装を職員に見られない様に別の処で細工をしたのか」

三人の話しは一時間以上続いて、今後の具体的な事まで進んだ。

結論として大山課長を、マルヒンの本社に呼んで次長職にして口封じをする事に決まった。

恭子達は翌週台湾の地で、予てから連絡をしていた白えびの会社と会う事になっていた。

忙しい中ではあったが、日本の通販画報の記者が取材に来ると聞いて、社長自ら空港で出迎えた。

通販画報で白えびの冷凍を紹介販売して貰えると思ってやって来たのは、陳樹時だった。

日本語に全く不便が無いのも陳が迎えに来た最大の理由。

恭子が調べた中で一番扱い量が多かったのが、亀山有限公司だった。

空港で出迎えに来た陳を見て、何処かで見た様な気がしたが思い出せない恭子。

「若い社長ですね」聡子が小声で言う。

「スポーツマンって感じだわね」

まさか咲子の婚約者だとは思いもしない二人。

「折角ですから、今日は台北市内を案内しますよ」

大きな車で迎えに来た陳は、日本の高級車を運転して、台北市内に走り出した。

「故宮博物館にご案内します。蔣介石が北京から運んできた中国の歴史的なお宝が貯蔵されています。

フランスのルーブル美術館等と並んで世界四大美術館の一つに数えられおり、中国工芸美術品の収蔵レベルは世界一！　中国文化を学ぶ最高の場所ですね。

敷地内には、「至善園という中国宋代の景観を再現した美しい庭園もあります」

恭子は昔来た事があったが、聡子が初めてなので知らない風を装って見学に行った。

時間的に一か所行くと夕方になるので、観光は難しいと思って来ている二人だった。

翌日、亀山有限公司の工場に連れて行くと

「近代的な機械を導入していますね」

「はい、日本の皆様に喜んで頂く為に、この秋に新たに設置しました！　だから借金が多いです」そう言って微笑む。

トンネルフリーザーは高価で、日本でも一流企業の工場で無ければ設置していない。

「日本では主に何処と取引をされていますか?」

「はい、上場企業のマルヒンさんを主な取引先にして、今年から拡大していきます」

恭子はマルヒンと聞いても、直ぐに長島物産にはつながらなかった。

「北陸の会社には何処か納品されていますか?」

「今はしていませんね」

長島物産と取引が無いのだと思ってしまった恭子。

「マルヒン以外で何処か懇意にしている販売先はあるのですか？」

「はい、生協ファーストネットさんのバイヤーさんとは、懇意にして貰っています」

「素材で販売するのね、この設備なら大丈夫ですね」

三十五話

富山県警は恭子の話しを裏付ける為に、長島物産に乗り込もうと考えたが、まだ証拠が無い状態で乗り込むと隠蔽されてしまうおそれがあるので、別の方法を考えた。

それは税務署に行って長島物産の申告書から、大手の取引先を抜粋して調べる方法だ。

捜査令状を持参しての閲覧になり、上位取引先五社程度に絞ろうと思ったが、殆どの取引は金本商事になっているので、全く判らない。

仕方無く崎田が金本に取引先を教えてくれる様に頼むと、簡単にＦＡＸが届いた。

「もうあの社長、関わりたくないのが見え見えですね」

「ここでも魚八水産が断トツだよ」

二人は複雑な商取引に愕然として、魚八水産に電話をした。

警察からの電話に驚いた事務員は、請求書をそのまま富山県警に送った。

生協ファーストネットとワンディ、東進デパートの請求書を見る。

「この二社は特に品質を売りにしているから、東京に行くか」

「今、あの田辺さん留守ですよ！　来週にしませんか？　台湾の話しも聞けます」

「一泊で、東進も魚八も訪問するか」

二人の意見が纏まって、月曜日から東京に行く事になった。


翌週、崎田達はアポを取っていたので、先ず魚八水産に向かった。

早朝からの仕事の為、午後の早い時間に従業員は帰宅してしまうのでから、午後一時に訪問した。

薄暗い築地の構内に入ると山岸が「何だか気味が悪いですね、豊洲に変わる方が余程綺麗と思うのですがね」

「ここが美しく見える人には見えるのだろう？」

「わーー今走ったのは猫ですか？」

「どう見ても鼠だと思うが、でかいな！　猫が逃げそうだな」

その様な話しをしながら古い階段を上がるが、迷路の様に成って何度も行き交う人に魚八水産を尋ねたが中々辿り着かない。

約束の時間を随分過ぎて、魚八水産の扉に辿り着くと「意外と綺麗な扉ですね」店構えを見て言った。

「この幽霊屋敷みたいな場所だから、多少は店構えだけでも整えないと、食品は買わないだろう」そう言って扉を開いた。

しばらくして友川が「遠路遥々ご苦労様ですね、先日当社の取引先を事務員が送りましたが、刑事さんが東京までお越しになるのは、贈収賄か何かですか？」そう言って笑みを作る友川に「私達は捜査一課です」「追っているのは殺しです」二人の刑事が代わる代わる言ったので、友川は驚いてしまった。

「殺人？　金本商事で何かありましたか？　変な会社ですからね」

「と言いますと？　何か知っていらっしゃる？」崎田刑事が問い詰める。

「何かと聞かれても、企業の買収を専門の会社ですから、恨みを買う事もあるかと思いましてね」

「憶測ですか？　私達は放火殺人の犯人を追っています」

「放火？　殺人？　長島物産さんが放火されたのですか？」

「違います、坪倉と云う工場です」

「ああ。あのいつ燃えても驚かない薄汚い工場ですか？」そう言って笑う。

「友川さんはご存じなのですね」

「はい、最初赤木水産に紹介されて行きましたが、設備も古いし、衛生的に良くないので長島物産にしました」

「その坪倉さんが火事になったのですが、疑惑が持ち上がりましてね」

「それが放火なのですか？」

「話しは変わりますが、御社から生協ファーストネットと東進デパート、それにワンディに商品が流れていますが、その中で産地証明を要求された会社はありますか？」

「私の会社は伝票を通すだけで、長島さんとは各取引先が直接話しをされていますから、何処がその様な書類を要求するかは知りませんが、これまでの経緯からですと生協ファーストネットさんは多分要求すると思いますね」

その後二人は雑談をして魚八水産を後にしたが、外に出ると「あの男は酒と賄賂で営業をするタイプだな、全く何も判ってない」と笑った。

二人はその後東進デパートに行って竹ノ内に会ったが、友川さんの紹介があったのと話題にもなっていたので取り扱いました。

産地証明とかは要求していませんが、何かありましたか？　と逆に聞かれた。

夜になって恭子と待ち合わせて、新橋の飲み屋街に向かった二人。

「流石に東京ですね、ビルの地下が総て飲み屋さんですよ」

「ここだろう？　ニュースで流れる絵は？」

ＳＬが置いて在る広場で恭子と待ち合わせをしているので、よく見る光景に二人は自分がインタビューでも受けるのかと思う程だった。

次々新橋の駅から出て来る人に「凄い人数ですね、ＳＬが無ければ場所が判りませんね」と話していると向こうから手を振って「お待たせしました」と恭子がやって来た。

「こんなに人が多い中よく判りましたね」崎田が言うと

「お二人は直ぐに判りましたよ」

「えー、田舎者って顔に書いていますか？」そう言って頬を触る山岸刑事。

隣のビルの地下街に行った三人は早速恭子の話しを聞いた。

亀山有限公司が素晴らしい機械を導入していて、衛生状態の良い白えびの冷凍を日本に出荷

している と説明した。

そして今、生協ファーストネットに納入の話しも進んでいる様だとも話した。

崎田は自分が持っている金山商事の納入リストを恭子に見せた。

「これって、ワンディ、生協ファーストネット、東進デパートでしょう?」と恭子が言うので「よく判りますね」そう言って驚く。

「実はこのメンバーは飲み仲間でもあり、商売仲間なのです」

「先輩の勘が当たっていましたね」山岸が笑う。

「何が? 当たっていたの?」不思議そうに尋ねる恭子に、先程の友川の話しをすると「それ正解ですね!」と声を出して笑う恭子。

「待って下さいよ!」笑いを急に止めて、恭子が真剣な顔で「もしかして、それに関係があるのかも?」

「何の話しです?」

恭子は、先日の新しい仕様書の話しをして、その中でワンディと生協ファーストネットが従来の仕様の商品を継続で取り扱うのですと、説明をした。

「確かに二つの販売先が、無くなるのは長島物産には痛手ですが、私は腑に落ちない話しだったのです」

「なる程、裏で内密の交渉をしているかも知れないと、云う事ですね」

大きく頷く恭子は、友川なら充分考えられると思っていた。

三十六話

三人が飲んでいる反対側の居酒屋で、偶然にも友川と大崎が飲んでいた。

「大崎さん、このまま長島物産のかき揚げを扱うのは危険ですよ」

「そうだな、明日私の処にも来る事になっているが、何を聞きに来るのだ！」

「それがですね、竹ノ内さんにも電話で聞いたのですが、産地証明書を何処が貰ったか聞いたそうです」

「私も貰っているよ、それが何かあるのか？　警察が動く程の事か？」

「それが、例の坪倉の火災に関係がある様なのです」

「火災？　産地証明書と関係があるのか？」

「よく判りませんが、刑事が動いているのは、放火殺人の捜査らしいのです」

「何、放火殺人事件と産地証明書がどの様な関係があるのだ？」

「兎に角、私は別の会社でかき揚げ作る事を考えます」

「私も捜してみよう、次の販売で長島物産との取引は終わりだ」

二人は警察の動きに身の危険を感じて、直ぐさま対策を講じ始めた。


翌日、崎田と山岸がワンディの本社を訪れると、大崎は既に産地証明書の準備をして待っていた。

「友川さんに聞きまして、産地証明書を準備してお待ちしていました。坪倉さんの放火事件を調べられているとお聞きしましたが、私は坪倉さんには一度もお目に掛かっていませんので、全く判りません」と先手を打った。

「人参が宮崎の農協、小松菜が福岡、タマネギが北海道、白えびの証明書がありませんが?」山岸が書類を確認して尋ねた。

「刑事さん、白えびは富山にしか無いでしょう?　だから貰っていませんよ」そう言って笑う大崎に「大崎さん、台湾産の白えびご存じないのですか?」と崎田が言った。

「聞いたことはありません。台湾に白えびがあるのですか?　でも日本産とは全く違うでしょう?」

山岸が恭子に貰った資料を見せると、顔色が変わった。

「全く知りませんでした。勉強不足です」

大崎の様子に嘘は言っていないと二人は思った。

「その台湾産の白えびと富山産が入れ替わっているのを、捜しているのですか？」

一課の刑事が何故？　台湾産の海老と富山産の海老を捜しているのか？　それに坪倉の放火殺人？　二つの事柄がどう繋がるのか全く判らないまま刑事達は産地証明書を確認しただけで帰って行った。

刑事が帰ると直ぐに大崎は友川に連絡をした。


刑事二人は最後の生協ファーストネットに向かった。

応接室でまたされた刑事は、ここで坪倉さんの産地証明書が見つかる事を期待していた。

しばらくして浅村課長が「警察の方からお電話頂きまして、驚きました。詐欺か何かの捜査でしょうか？」と言いながら恐る恐る刑事の前に座った。

名刺を差し出す崎田達を見上げて「捜査一課？」不思議そうな顔をして「一課って、殺人とか凶悪犯罪の捜査の？」と尋ねる。

「はい、放火殺人事件を追っています」

「放火殺人って？　何処の事件ですか？」浅村課長は、困惑している。

「富山の坪倉と云う総菜工場が出火して、社長夫婦が焼死体で発見された事件です」

「坪倉さん？　当社ではその様な名前の会社との取引は御座いませんので、お役に立てないと思いますが？」

「今日お邪魔したのは、御社が扱われている白海老のかき揚げのことで。お取り扱いの時に産地証明書を製造工場から頂かれていると思うのですがそのコピーを頂きたいのです」

「産地証明書ですか？　当社は長島物産から仕入れていますので、坪倉さんとは関係が無いと思いますが？」

浅村課長は長島物産の社長に楓との旅行の写真を見せられて、仕方無く継続して販売しているかき揚げに放火の話しが加わって混乱した。


その話をしている最中に崎田刑事の携帯が鳴り響いた。

携帯に出た崎田が「えー、大山課長が！」と声を大きくした。

電話が終わると「すみません、富山で事件が発生しました。直ぐに戻らなければなりませんので、白海老のかき揚げに関する産地証明書のコピーを今すぐに下さい」

浅村課長は崎田の勢いに慌ててコピーを取りに部屋を出ていった。

「崎田刑事、何があったのですか？」

三十六話

「長島物産の大山課長が亡くなった、事故か他殺か判らないが車ごとが日本海に飛び込んだらしい」

「大山課長って長島物産の品質管理の人ですよね」

「殺人の可能性もあるそうだ」と話した時に浅村課長が戻ってきた。

「これが書類です」と差した。

「白えびの産地証明書がありませんが?」

「担当の者が調べたのですが、ファイルに入っていないと、今も捜しています」

「そうですか?　見つかりましたら名刺の住所に送ってください」

それだけ言って慌てて帰って行った。


崎田刑事は恭子に大山課長の事故死と、ワンディは白えびの産地証明書を貰っていない事、生協ファーストネットは貰ったが紛失した事を話した。

恭子が生協ファーストネットの担当者は飲み友達だから、産地証明書の内容を覚えていると思うのでまた改めて聞いて見ますと言った。


大山課長は昨日、自身の送別会を社内の主だった人々にして貰い、代行運転の車で帰っている。

代行の運転手の話では、途中大山課長に電話があり、寄り道をするからここで良いと、帰宅途中にある駐車場に車を入れたと証言した。

その駐車場から数キロ離れた海岸から、車が日本海に沈んでいるのが発見され、乗っていた大山課長が亡くなっていた。

死体解剖の結果、睡眠薬が検出されており、他殺として発表される事になった。

三十七話

朝から警察が事情聴取に長島物産を訪れていた。

種山社長は大山課長の昇進が急遽決まって、先日は管理職を中心に送別会を行なったと言った。

「帰りは代行運転の車で帰りまして、九時過ぎに料理屋を出ました」と証言した。

「料理屋さんでも大山君は上機嫌でしたよ」

「何処に転勤だったのですか?」

「福岡本社の品質管理次長ですから、大栄転ですね！　家族揃って九州の福岡には行けないので、単身赴任だと話していました」

「それは栄転ですね、子会社の品質管理の課長から本社の次長は大抜擢ですね、誰か嫉んでいませんでしたか？」

「嫉む時間は無かったでしょう？　三日前の発表でしたからね」

「急な話だったのですね、本社の社長の独断ですか？」

「その通りです、鬼頭社長の鶴の一声で決まる人事は多いです」

富山県警は一応事情を聞いて帰って行った。

富山県警には捜査本部が設置されて、本格的に殺人事件としての捜査が始まった。

崎田と山岸の坪倉放火殺人の捜査も同じ関連の事件として、合同捜査会議を開く事になった。

大山課長の携帯が車の中に無かったので、犯人が持ち去ったと断定。

通話記録を通信会社から取り寄せる段取りをして、最後の電話の主を捜した。

犯人は複数で、眠った大山課長を運転席に乗せて、ゆっくりと崖から真っ直ぐ車が落ちて行ったと検証の結果判った。

大山の栄転が社内で発表されたのは、亡くなった日の三日前で、妬みからの殺人には時間的に無理との結論に達した。

事件当日の行動を知っていた人物の犯行だと決めると

①本社の鬼頭社長と関連部署の人間

②送別会に参加した人間

③全く仕事に関係の無い人物の犯行

この三点を中心に捜査する事で、最初の捜査会議が終わった。

夕刊に殺人事件の記事が載って、色々な人が大山課長が殺された事を知った。

ワンディの大崎も魚八水産の友川も、自分達は長島社長から接待を受けて不正に目を瞑っていたので、生きた心地がせず早く取引先の変更をする事にした。

浅村課長も気持ちは同じだったが、楓との関係が社内に知られるのが怖くて自分の方から長島物産に言い出せないでいた。

咲子は、先日刑事が来た時、産地証明書を紛失したと嘘をついた事を後悔していた。

陳の会社に被害が及ぶ事を避ける為だったのだが、まさか殺人事件が起こるとは考えてもいなかった。

大山課長が殺されたことを知って、一番驚いたのは鬼頭社長だった。

「誰が大山君を殺したのだ。会社のイメージが大幅に悪くなったではないか」

「社長は大山君を本社で監視して、偽装の話しが消えた頃、処分する予定だったのでしょう?」

「その通りだが、今の時期にそれも殺人事件なんて駄目だろう！」

至急対策を講じる様に指示をした。

それでも被害者の立場なので、それ程風当たりは強く無いのが良かった。

葬儀に出席の時、富山県警が話しを聞きたいと連絡をしてきたので、鬼頭は出頭すると答えて、会社に警察が来るのを避けた。


恭子は咲子に連絡して、大山課長の事件を話すと、咲子も内心気になっていたので会いたいと言って来た。

恭子はこのチャンスに産地証明書の事を聞き出そうと考えていた。

恭子は品川まで出掛けて、高輪口の駅前の寿司屋に入った。

咲子は既に来て開口一番「あの大山課長が殺されたって聞いて、もうびっくりして」と言った。

「でも誰が殺したのかな?　温厚そうな人だったよね」

「最近警察が生協にも来たけれど、それが原因かな?」心配そうな咲子。

「警察が南浦さんの生協にも来たの?　友川さんも大崎さんの処にも来たらしいわ」

「本当なの?」と驚いたふりをした。

「何を聞きに来たの?」

「産地証明書を見せて欲しいと言っていたわ」

「何の?　産地証明書?」

「長島物産から買っている白海老のかき揚げの産地証明書を見せて欲しいと言われたのよ」

「その後直ぐに、品質管理の大山課長さんが殺されるなんて」

「そうなのよ!　それで毎日何か疑われるのではないかと不安で」

「産地証明書総て警察に渡したの?」

「それが、白えびだけなかったのよ、それで渡してないのよ」

「白えびの産地証明書がなくても覚えているでしょう?」

「覚えているわ、確か赤木水産って書いてあったわ」

その言葉に確信を得た恭子は「兎に角飲みましょう、大丈夫よ。私達には関係無い話しだわ!」そう言ってグラスにビールを注いで「乾杯!」と言って誤魔化したが、恭子の動揺は収まらなかった。

その後は咲子の結婚の話しに変え産地証明書の話題をそらした。

彼氏がもう直ぐ東京に来るのだと、咲子は酒の勢いもあって嬉しそうに話し、筋肉隆々で素晴らしい肉体の持ち主なのよ！　そう言って惚気て機嫌が良くなった。

翌日、恭子は朝一番に崎田に電話をして、白えびの産地証明書のことを伝え様とした時、崎田が「困った事が起こってしまって、混乱している」といきなり言ってきた。

「どうされたのですか？」

「大山課長が睡眠導入剤の常習だった事が判明して、警察の発表が先走りすぎたと批判を受けているのですよ」

「えー、何故それが判明したのですか？」

「大山課長の机の引き出しから、同じ睡眠導入剤が見つかったのです」

「誰かが入れたのでは？」

「それが、同僚とか家族も時々飲んでいたと証言したので、これから本部長の記者会見が十時からあります。ところで田辺さんのお話は？」

「生協ファーストネットが持っている産地証明書が、判りました！　赤木水産でした」

「……」沈黙の崎田は、一気に興奮していた。

三十八話

「田辺さん！　ありがとうございました。これで坪倉の火災は事件として発表できます。田辺さんの推理が正しかった！」そう言うと電話を切り、崎田は捜査課長の処へ走って行った。

だが、協議の結果、もう少し証拠を掴むまで発表を控えることになり、取り敢えずマスコミには大山課長の件は事故だったと謝罪会見をする事になった。


会見後、捜査本部は表面上解散して、大山課長殺人事件は事故に変わった。


崎田と山岸は、恭子の推理を元に捜査した結果、長島物産が三井から坪倉の産地証明書を手に入れて、生協ファーストネットに渡したのが明らかになった。

「放火殺人の重要参考人で、指名手配をしましょうか？」

「長島物産を刺激すると、逃がす可能性があるから、三井の指名手配で不意を突く方が逃がさないだろう」

「今回の大山課長の件も、何か裏があるに違いない」捜査課長も苦々しい想いを語った。

「睡眠導入剤も同じ薬を準備すれば、偽装が可能です」

「妻も睡眠導入剤は時々飲んでいたと証言していますから、取り敢えず表立った捜査は控えましょう」

「しかし長島物産の関係している会社は、一癖ある会社が多いですね」

「金本商事もマルヒンも叩けば埃が出るかも知れませんね」

富山県警は捜査員が長島社長を始めとした重要人物を尾行する体勢を取り、三井の指名手配を発表する事に作戦を立てた。

マルヒンの鬼頭社長の周辺にも、福岡県警の協力で警戒態勢を整えた。


謝罪会見の二日後、坪倉の放火殺人事件の重要参考人として三井雅行の顔と名前が富山県警から発表された。

ニュースでは長島物産ではなく島田キッチンに勤めていたと発表された。

長島物産を辞めて、島田キッチンに勤めていて行方不明になっているので、仕方の無い発表だ。

その為、このニュースは鬼頭には全く関係の無い事で、気にもしていなかったが、種山社長から電話で元長島物産の社員ですと知らされ、鬼頭は不安を感じた。

「社長、刑事が見張っている様です」

「何！　私を疑っているのか？　馬鹿な！　三井なんて顔も見た事もない、長島を退社して一年以上経過しているのだろう？」

「社長、あの長島社長です！　何をしているか判りませんよ！」

「脅かすな、偽装だけでも驚いたのに、放火殺人に関わっていたら、我が社は終りになるぞ」

恐怖の表情に変わるが、打つ手が無いのが現状だった。

長島物産は百パーセントの子会社になっている以上、長島で起こった事は総てマルヒンの責任となってしまうのだ。

恭子は先日の咲子との話しの中で、白えびの産地証明書だけが何故無いのか？　が頭の隅から離れなかった。

生協ファーストネットとワンディの商品は従来通り造ると聞いていると、自分の手を離れて浅村課長が総てを決めたので詳しいことは知らないと、意味有る様に言った事だ。

「浅村課長とあの若い子その後どうなったの？」と尋ねると「駄目になりそうなのよ」と酔った勢いで教えてくれた。

友川は長島社長に「ワンディさんが、同業他社に白海老のかき揚げを作って欲しいと頼んでいる様だが、ご存じなのか？」と聞かれて返答に困っていた。

「色々事件が起こったので、大崎さんも不安になって捜したのだと思います、一度確かめて見ます」そう言って電話を切ったが、長島社長の情報網に友川は恐れ、そしてすぐに大崎に連絡を入れた。

「大崎さん、この調子なら我々の遊びも吹聴されてしまいますよ！　今動くのは危険です。少し大人しくしていましょうか？」

「そうだな今、騒がれると危ない、少し大人しく様子を見よう」そう話して、仕入れ先の変更の話しを止めた。


指名手配の情報は数多く寄せられるが、決め手に欠け中々三井の消息は掴めないでいた。

もう時は十一月になり寒くなり始めていた。


その頃陳は、沢山の土産を持って品川の南浦咲子自宅を訪れた。

「寒かったでしょう？　台湾と違って日本はもう冬の気温だから」

咲子は嬉しそうに出迎えて、自宅に入ると父の博之も以前の態度とは一変していて、愛想良く「遠路よく来てくれたね」と応接間に招き入れた。

「逞しい身体だね、スポーツでもしているのかね」博之が直ぐに陳の胸板の厚さが目に入ると尋ねた。

「学生の頃から、ボディビルをしていましたので、この様になりました」そう言うと上着を脱いで見せる陳に、再び驚く博之。

そこにコーヒーを盆に載せて、伸子と咲子が入って来て「まあ！　凄い！」いきなり肉体美を見せられて驚く伸子。

沢山の土産に驚きながら、説明を受ける伸子達は和やかな一時を過ごし、昼食の寿司を食べて咲子と一緒に出掛けて行った。

二人はそのまま、陳の宿泊先のホテルの部屋に直行したのは、当然のなり行きだった。

来年三月に東京で挙式の予定が、今日の陳の訪問で決定したので、二人は楽しんだ。

陳は東京に一泊した後、九州のマルヒンの本社に今期の販売の御礼と、来期の生産見通しの確認の為に訪れる予定になっている
「日本で大変な事件が起こったのよ、知ってる？」

ベッドの上で咲子が尋ねる。

「全く日本に来ていないから、知らないな」

「長島物産の大山課長が亡くなったのよ」

「えー、大山課長さんが？　何故？　病気には見えなかったが」

「事故！　交通事故で崖から車が転落して、亡くなったの」

「そんな、悲惨な事故ですね！　慎重な運転の課長さんが？」

「知っているの？」

「何度か駅まで送って頂きましたよ！　いつも凄く慎重な運転でした」

「睡眠薬を飲んで運転していたみたい」

「それは、絶対にありません！」と大きな声で否定する陳に咲子は驚いた。

三十九話

「どうして？　そう言い切れるの？」

「課長さんが自分で話していましたよ、自分は睡眠薬を飲むのだけれど、運転がある前の日は絶対に飲まない様に気を付けていると」

「ほんとなの？」驚く咲子。

陳を警察に行かせて証言させたいが、白えびの産地偽装まで露見する恐れがあるので、連れてはいけない。

「陳さんの会社は日本に白えびを販売しているのでしょう?」思い切って尋ねてみた。

「そうです。亀山島の近海で富山の白えびと同じ種類の海老が沢山獲れます。去年からもの凄い量を買って頂いています。新しい設備も増強して、来年はもっと沢山売って咲子さんを楽にさせます」そう言って再び太い腕で咲子の身体を抱き寄せた。

咲子は腕の中で、陳さんは偽装に関わっていないと確信した。

日本の悪い人達に利用されているのだと思うと、急に涙が溢れた。

「どうしたのですか?」涙を見て驚きながら、指で咲子の涙を拭き取った。

「あなたに会えて嬉しいの」そう言って気持ちに気が付かれないように陳に強く抱きついた。

富山県警が証拠の産地証明書を捜す為に翌日、生協を訪れる事を咲子は全く知らなかった。


富山県警は証拠の産地証明書を探し出す迄は帰らない覚悟で、生協ファーストネットに数人の刑事が訪れた。

「今日は、長島物産が御社に渡した白えびの産地証明書を頂くまで帰らない覚悟で来ました」

浅村課長は刑事達の勢いに負け、「もう無理だ!　産地証明書を出して欲しい」と咲子の処に来て頼んだ。

浅村課長は自分の為に咲子が隠して、出す事を拒否したのだと思っていたのだ。

咲子はこれを渡すと、陳が窮地に陥ると躊躇したが、浅村課長に急かされ、慌ててコピーを渡してしまった。

浅村課長が応接室に行くと直ぐに、刑事達が出て来て一礼をして帰った。

慌てて咲子は刑事達の後を追い掛けて「あの！　台湾の会社は悪く無いです！」と必死に訴えた。

振り返って手を振り相手にしてくれない崎田刑事に
「大山課長は殺されたのです！」と叫んでしまった。

駐車場に行こうとした崎田刑事の足が止まって戻って「今、何とおっしゃいましたか？」

「……」

「大山課長って長島物産の事故で亡くなった人の事ですよね」

「は、はい」

「殺されたと警察から発表しましたが、事故に変わりましたそれが殺人だと？」

戸惑う咲子。

「詳しい話しを聞かせて下さい」

そう言って咲子を駐車場に引っ張る様に連れて行く。

「私の彼は悪く無いのです！　利用されたのです！　信じて下さい！」と叫ぶ咲子。

「車の中で聞きましょう」と崎田が咲子を車に乗せる。

「もう少し判る様に教えて頂けませんか?」

興奮気味の咲子が「私の彼が大山課長から、自分は睡眠薬を飲むのだけれど、運転のある前の日は絶対に飲まない様に気を付けていると聞いたと言いました」

「えー、南浦さんの彼氏は今何処にいらっしゃいますか?」

「マルヒンに行くと言っていました」

「お名前は?」

「陳樹時さんです。彼は何も知らないのです!　刑事さん彼は被害者なのです」

崎田は直ぐに本部に連絡して、福岡県警に陳樹時さんに事情を聞く様に告げた。

「先程から、彼は何も知らないと言われている事は、大山課長の事件に付いてですか?」

「違います!　彼は日本に昨日来たのです、大山課長さんとは最近会っていない筈です」

「じゃあ、何を知らないのですか?」

「……」

「大山課長さんと陳さんの関係は?」

「長島物産に多分商品を納入していると思います」

「これと関係があると云う意味ですね」崎田刑事は先程貰った産地証明書を見せた。

咲子は黙っていた。

「これは事件とは直接関係無いと思いますので、心配されなくても大丈夫ですよ」

崎田は偽装の片棒を彼氏が担いでいないと言いたいのだと判って、笑顔で言った。

安心した咲子は「よろしくお願いします」と言って車を降りた。

崎田は直ぐに恭子に産地証明書を手に入れた事を話して、咲子の様子に注意して欲しいと頼んだ。

マルヒンに張り込む刑事に県警から連絡が入って、陳樹時さんが来られていないかを社内に確認に入ったが、既に帰った後だった。

その後陳は、台湾に帰ると推測し福岡空港に緊急で連絡をした。

夕方の便に陳樹時の名前を見つけて、空港職員と総掛かりで捜す事になった。

重要な証言なので本人から直接聞く必要があると判断したのだ。

十八時過ぎの便なので、少なくとも十六時までには見つけだす必要があった。

恭子は三井が誰かに頼まれて、産地証明書を盗みに坪倉に入ったと仮定して、崎田刑事に話をした。

「田辺さんは誰が三井に命じたと思いますか？」

「長島社長以外考えられませんが、今長島社長を問い詰めると、多分大山課長の名前を言うでしょうね」

「そうですね、すると長島社長を問い詰めるのは危険ですね」

「もし、三井の居所を知っていたら、口封じに向かう可能性がありますね」

「どう思います？　長島は三井の居場所を知っていますか？」

「多分知っていると思います」

「刑事を増員して、長島の動きを絶えず監視させます」

「食品偽装が今回の犯行の動機になっていると思いますので、刑事さんも少し食品について勉強して貰わないと逮捕出来ませんよ」そう言って微笑む恭子。

四十話

福岡空港で突然刑事に囲まれた陳は驚いたが、咲子の話を聞いて大山課長との話を詳しく刑事達に話して台湾に帰って行った。

富山県警に陳の証言が報告されたが、今回は世間に公表せずに極秘に捜査を始めることとなった。

大山の妻も薬を飲んでいる事を証言していたが、最初の証言では薬のことは話していなかった事を崎田刑事は思いだした。

明日、田辺恭子が富山に来るので、新しい情報交換を考えていた。

恭子は真希から白海老のかき揚げの原価計算をしてみて面白い事が判ったと言うので富山に向かうことになっていた。

真希が姉の亜希から貰った長島物産の価格と仕様書から、原価計算を試みたと説明した。

机の上には三種類の仕様書と価格表が並べられていた。

「この価格は上から、金本商事経由の値段、その次はマルヒンの価格になります」

「殆ど同じですね」

「今は金本商事の代わりに、マルヒンが利益を載せているのですが？　この三種類の仕様書通りの商品を彼が作りましたので、食べてみて下さい」

そう話した時に崎田と山岸刑事が来た。

恭子が仕様書の検証をすると刑事を呼んでいたのだ。

「良い処にいらっしゃいました！　今から試食です」

真希が「仕様書の一番古い製品がAです。これは生協ファーストネットに現在も納品されている仕様の物です」

「Bは現在一般に販売されている仕様の商品です」足立が皿を机に置いて言った。

それぞれが箸を伸ばして、小皿に載せて食べ始める。

「Aは美味しいわ、でもBは美味しく無いですね」

「私も、その様に思いますね」崎田が言った。

「それでは次お出しする物は、ワンディで少し前に売られていた商品です。戸部さんが試しに注文されて保管されていた物です」

Cと書かれた皿のかき揚げを食べ始めると「何これ！　不味い！　古いからですか?」山岸が少し食べて止めてしまった。

「少し古い事も少しは影響していますが、基本的に原材料が冷凍品で、しかも外国製だと思われます。二度、三度冷凍されると、組織が壊れますから、白えび本来の味が無くなるのです」足立が説明をした。

真希が「これが当社の総て生の白えびを使ったかき揚げです」そう言ってテーブルに置いた。

早速食べる面々が「これは美味しい！　同じ白えびだとは思えない」

「このぷりぷり感は最高ですね」恭子も絶賛した。

「これはどう云う事ですか？」崎田が真希に尋ねた。

「この様に食べ比べるとよく判りますが、人間の味覚は調理法によって大きく変わります。特に一品を丼とかうどん、そばに入れると食感が大きく変わりますので、味の違いが殆ど判らないのです。当社でも丼用と麺類に入れるかき揚げは製法が多少変わります。例えば麺類に入れる場合は水分が多いので、表面に沢山の粉を付けて少し固めに仕上げています。ここにある物はそのまま食べられる様に、薄目の衣を使っています」

「そんな違いがあるのですね、何も知らずに食べていました」

「当社は業務用で沢山の旅館、食堂に収めていますので、総て先様仕様に調節をしています」

足立が説明をして、全員が納得した。

「以前の長島さんの商品は、私達の分析では、原料は殆ど冷凍品でコーン（デンプン）とか膨張剤ベーキングパウダーを入れて調整していたと思います」

「総て偽装の商品を、マルヒンが入って急遽変更出来る部分を変更して、応急処置をしたのが現状では無いでしょうか？」足立がその様に結論付けた。

「長島物産は大規模な偽装商品の白海老のかき揚げを製造していた。マルヒンの買収によってその事実を知り、マルヒンが慌てて仕様を変更出来る部分は変更したと云う事ですね」と崎田が話した。

「これだけの大規模な偽装が、従業員にも判らなかったのかな？」

「そうですね、外国から輸入の品物なら梱包も異なるから、直ぐに判りますよね」

「企業ぐるみの偽装は困難ですとね！」

「今は、野菜は国産に変更しているから、支障が無いわね！　でも海老は以前のままでしょうね」

「張り込みの連中にその辺りを注意する様に伝えます」

「最初の仕様でも、長島物産の利益はそれ程膨大ではありません、納入価格が安く帳合い先が多いので、現在の仕様に変更して海老を国産にすれば、利益はないでしょうね」

「生協ファーストネットから産地証明書を要求され偽装の発覚を恐れた長島は、坪倉さんの産地証明書を三井に盗ませることにした。盗みに入った三井は、坪倉さんと鉢合わせになった……」

「証拠を消す為に放火をした」

「その後マルヒンが多分、金本商事に上手に株式を売りつけられて、長島物産を買収した。その結果乗り込んで来たマルヒンは偽装に気が付いたので……そうよ！　偽装の実態を詳しく知っていたのが、大山課長さんだったのよ！　それで口封じのために殺害したのよ！」と恭子が言った

「田辺さんの推理が正解ですね！　偽装の実態を掴めば殺人事件の解決にも繋がります」

二人の刑事は意気揚々とＴＵＢＯＫＵＲＡを後にしたが、真希は偽装の為に両親が殺害されたのだと思うと、耐えられない悲しみに涙を流していた。

咲子は陳に連絡をして、陳が大山課長の話を詳しく警察に話したことを聞き安堵の表情になった。

数日後、張り込みの刑事から社名表記の無い二トン車を何度も見ますと連絡があり、尾行させた。

一キロ程離れた山の中に桂木食材と小さな看板があり表記のないトラックは桂木食材の二トン車と判明した。

「何を作っている会社だ！　食品偽装の工場かも知れない、悟られない様に調べてくれ！」

と指示をした。

しばらくして「中に大きな冷凍庫が設置されているようですが、人の姿は殆ど見えません」と連絡が入った。

崎田刑事と山岸刑事は、日が暮れてから現場行く事にした。

暗くなれば明かりが灯るので、そこに人が居るのが外から見ても確認できると考えたのだ。

冬の富山は日暮れが早い、二人は着込んで徹夜覚悟で出掛けた。

「あそこに明かりが見えますよ」右の方のスレート葺きの倉庫を指差す山岸。

「今、六時だな！　何か作業をしているのか？」

「向こうの駐車場に二トンの保冷車と、二台の乗用車が駐車してあるのが見えます。ほかには自転車も何も無いな、人数は少ないようですね」

二人は、気が付かれないように倉庫に潜入した。

四十一話

倉庫の中に海老の箱の山を見つけた。

「ここだ」と確信した二人は直ぐにその場を離れて、本部に道路に非常線を張るように要請し、応援の警官と刑事が来るのを待った。

「寒いですね！」

「今夜は特に寒い！　だから冷凍室で作業をしていないんだ」

「今までは、冷凍室で詰め替えていたのですね」

「詰め替えると云うよりも、外箱を外して長島に持って行くだけだろう」

「こんなに近くで作業をしているとは、気付きませんでしたね」

「人通りのない山の中の倉庫ではだれも気が付かないだろうな」

「道路は直ぐ近くで大きな車も通行出来るから、簡単に大型車でここに運べる」

「ここで小分けして、毎日の作業分を二トン車で運んでいるのですね」

そんな話しをしていると、警察の車が到着して非常線も完了した。

十人程の刑事と警官が外で待機して、二人が倉庫に入って行った。

「すみません、警察ですが！」と呼びかけて倉庫の扉を開くと「警察？」そう叫ぶと一人の男が倉庫の奥に走って逃げたのが見えた。

作業をしていた中年の男が「警察が何か用ですか？」

横には中国語の表記がある箱が散乱して、机の上には剥き出しになった白えびの冷凍ブロックが積み上げられている。

「ここで、何をされていますか？」

「ご覧の通り冷凍品の箱詰め作業ですが、何事ですか？」中年の男が時間稼ぎの様にゆっくりと話した。

他に二人の刑事を見つめる防水のエプロン、長靴、ゴム手袋姿の女性が二人いた。

そのうちの一人が帽子を深く被り直して顔を隠す怪しい仕草をしていた。

「先程奥へ行かれた方は何処に行かれましたか？」

「トイレでしょう」男は憮然とした態度で答える。

男女四人でこの場所で作業をしていた事は明らかで、他には誰も居ない様だ。

「これは台湾の白えびの箱ですね、箱を外して何処かに運ぶのですか？　例えば直ぐそこの長島物産とか？」

「違いますよ！　富山市内の煎餅工場です」

「すみません、そこの女性の方帽子を脱いで貰えませんか？」山岸が言いながら後退りをしながら逃げる体勢になっている女性の前に回り込んだ。

その時「崎田さん！　逃げ様としたのを捕まえたら三井でした！」と外で待機していた刑事が駆け込んで来た。

「貴女は古村葉子さんですね！」崎田が山岸の前の女性に言った。

「そうよ！　何故判ったのよ！　桂木さん尾行されたのね」そう言って睨み付けた。

「署までご同行お願いします」四人は富山警察に連れて行かれた。

恭子と真紀にも直ぐに連絡が届き、真希は自分の両親の死んだ原因が究明されると期待した。

何も知らないのはマルヒンの鬼頭社長達で、勿論長島物産の種山社長も、桂木食材の事件も知らなければ三井がそこで働いていた事も知らない。

長島会長だけは胸騒ぎがしたのか、深夜の桂木食材に向かって車を走らせていた。

過去にも何度か桂木食材には深夜に走った事がある。

それは翌日の原料が不足するとかの為に、様子を見に行ったのだ。

深夜労働者を雇い入れて、マルヒンが乗っ取る迄は、野菜の偽装もこの桂木食材で行なっていたのだ。

従業員達には総菜工場に送るので、工場の操業に間に合わせる為の深夜労働だと話し、主に外国人労働者を雇っていた。

島田キッチンを逃げ出した二人は、長島会長を頼って来たが、指名手配をされてしまったので、桂木食材の二階に住まわせる事にしたのだ。

真夜中の桂木食材が異常に明るく、赤色灯を目にして直ぐに長島会長は、三井の逮捕を感じた。

身の危険を感じ直ぐにその場を離れ、自宅に戻ると身のまわりの物を整理し始めた。

家族は全く気が付かずに安眠している。

昨年から忙しいので、深夜に仕事に出掛ける事も多く、自分は一階に寝て家族は二階に寝ているので、多少ごそごそしても誰も気にしていなかった。

警察で問い詰められた三井は黙秘を続けたが、妻の葉子は自供を始めて、自分が坪倉に就職してレシピを盗み取るのに失敗したと言った。

その後三井雅行が交代で坪倉に就職して、技術を長島物産に伝授した。

総て金本商事の指示で、ＴＯＬフーズに勤めていた私達夫婦が、油製品を造っていたので白羽の矢が立ったと説明した。

肝心の放火の話しには知らないと黙秘になり朝になった。

桂木食材の桂木夫婦は、長島社長に頼まれて台湾の白えびを、富山産と混合する仕事を行なっていたと話した。

翌日朝から桂木食材の捜索が行なわれて、海外の野菜が倉庫に残っていた事と崎田刑事に野菜も総て偽装していただろう？　と問い詰められ、桂木食材に最近まで沢山の外国人労働者が働いていた事実を突きつけられて、昼には野菜の偽装も自供した。

それでも三井は黙秘を続けて、何も喋らない。

昼過ぎ長島物産に刑事達が向かい、会長と社長の出頭の任意取り調べを要請したが、長島会長は出社していなかった。

富山県警は、緊急配備で長島会長の行方を追った。

恭子は今月号の通販画報で〈汚された宝石、富山湾の白えび〉の表題で特集記事を書いて、既に原稿を提出していた。

週刊誌並の特集記事は、恭子の推理だけで書かれていたが、昨夜三井逮捕の一方を受けて、編集長がＧＯサインを出したのだ。

来週には本は店頭に並び、多くの人の目に晒される事になる。

夕方、真希は恭子に付き添われて、富山県警を訪れて黙秘を続ける三井に面談する事になった。

このまま黙秘を続けられたら、長島会長を逮捕出来ないので、苦肉の策だった。

四十二話

対面した真希が「三井さん貴方が父を焼き殺したのですか！」いきなり怒鳴った。

真希の顔を見て驚く三井。

「知らない！　私は何もしていない！」怯えた様に否定する。

「お前が前日二回程坪倉さんに、電話をしている事は記録で判明しているのだ。坪倉さんの工場に行ったのだろう？」と刑事が問い詰める。

「……」

再び無言の三井。

「三井さん貴方は、坪倉さんの工場から白えびの産地証明書を盗んだでしょう？」今度は恭子が詰め寄った。

「盗みに入ったのは認めるが、私が放火したのでは無い！　信じてくれ！」

「時間は何時頃だ！」崎田刑事が尋ねる。

「五時半頃に逃げ出した」

「両親は逃げられない状況で、焼け死んでいたのよ！　何をしたのよ！」

「揉み合って転んだのを見たが、私は逃げるのに必死で、その後は知らない」

「三井お前が逃げた後、誰かが放火したと言うのか？」

「それしか考えられない、ガスが充満して爆発火災を起こしたと逃げてから知ったが恐くなって言い出せなかった」

「誰が爆発火災を引き起こしたのだ！　心当たりがあるのか？」

「……」無言の三井。

「兎に角窃盗は間違いの無い事実だ」崎田が窃盗容疑は確実だと言った。

恭子が関わった産地偽装も罪になる事を説明した。

四十二話

1　食品偽装とは

食品偽装とは、食品の小売・卸売りや飲食店での商品提供において、生産地、原材料、消費・賞味期限、食用の適否などについて、本来とは異なった表示を行った状態で、流通・市販がなされることをいいます。

産地や原材料の偽装は以前からありましたが、ここ最近になって、有名ホテルや高級百貨店などで、メニューと異なる食材を提供する「食材偽装表示」が相次いで発覚したことから、再び話題に取り上げられています。

2　食品偽装に適用される法律

食品偽装で報道されたものとして、「バナメイエビ」を「芝エビ」と表示したり、「牛脂注入加工肉」を「ビーフステーキ」と表示するものがありました。このような偽装が生じる原因としては、産地や品種によって価格が大きく異なるので、原価を抑えることができるということが挙げられます。

この食品偽装問題は景品表示法に違反する可能性が高いといえます。

景品表示法は、実際より著しく優良と消費差を誤認させる行為を「不当表示」として禁止しており、これに違反した場合には消費者庁から行為の差し止め等の措置命令が下されます。

この措置命令に従わないと、事業者の代表者等は二年以下の懲役若しくは三百万円以下の罰金。そして当該事業者は三億円以下の罰金が科されます。

また、民事上の責任として、食品の表示が「不当表示」に該当する場合、契約の効力が否定されて返金義務が生じます。

このような食品偽装については、景品表示法以外にも様々な法律によって規制されていますが、それらの法律は十分に機能しているとはいえない状況でした。

そのために一つの食品偽装問題が報道されたことを皮切りに、数多くの件が次々と発覚しました。

そのような中、食品の表示に関する新たな法律として、食品表示法が平成二十五年六月に成立し、二年以内に施行されることになりました。

食品表示法は、消費者庁のもとで、食品衛生法、ＪＡＳ法及び健康増進法の食品の表示に関する規定を総合して食品の表示に関する包括的かつ一元的な制度としたものです。

この食品表示法は食品の表示を規定する際の「基本理念」や「執行体制」などの枠組みについて定めており、この食品表示基準に違反すると、最大で三年以下の懲役若しくは三百万円以下の罰金に処せられることがあります。


警察に出頭して事情を聞かれた種山社長は、自分が着任した時に偽装を発見して、急遽是正を行なったが、白えびのみは漁獲量が確保出来ずに、台湾産を富山産と混合して水増し使用をしていたと認めて謝った。

長島会長の行方は今朝出勤していないので、自宅に問い合わせたが、早朝より出て行き先は判らないと答えた。

だが、種山社長も簡単には富山警察から帰して貰えない。

桂木食材の問題以外に、坪倉夫婦の爆発火災、大山課長の交通事故死の問題が残っているからだ。


長島物産の北畠製造部長が、社長が警察に連れて行かれた事と、桂木食材の偽装が警察に露見した事を、鬼頭社長に連絡がしたのは夕方になってからだった。

鬼頭社長は飛行機で北海道に向かっていて、連絡が出来なかったのだ。

「何！　警察に捕まったのか？」

「それが桂木食材で海老の偽装の最中だった様です」

「何人警察に居るのだ！」

「桂木食材の夫婦と従業員二名、種山社長の五人です」

「直ぐにマスコミに手を打って、偽装の報道を止める、その後何かあれば連絡をくれ！　長島会長は捕まってないのか？」

「それが今朝から行方不明です」

「厄介な物を買ってしまった。問題を起こしてなければ良いのだが」

鬼頭は長島会長に大きな不安を抱きながら、本社に電話をして直ぐさまマスコミ報道を止める様に指示をした。

相当な出費だが、この際致し方無いと覚悟を決めた。

海老の混合位は何とか誤魔化せると思う鬼頭社長だが、北海道の会合を早く抜け出したい気分で一杯だった。


崎田刑事と恭子は、三井の証言に戸惑ってしまった。

放火殺人の犯人が三井では無いのは、誰もが考えていなかった事だった。

「この状況で、考えられる犯人は一人ですね」恭子が口に出すと
「今姿が見えない男」

「長島会長」

「だが、それなら三井に忍び込ませた訳は？」

三井が逃げていたのは他にも何か事件に関係しているのでは？　との疑惑が湧き始めた。

四十三話

富山県警は、長島会長の行方を全国規模で捜索を始めた。

指名手配では無いが重要参考人扱い、車で逃走しているので高速道路も警戒の対象になり捜索が続いた。

種山社長は解放され、翌日マルヒンの本社で、今後の対策を話し合った。

取り敢えずマスコミには偽装報道は止めたが、長島会長は何故逃げたのか？　他に何か大きな罪があるのか？　と尋ねるが、全く判らないので何度も携帯に連絡をしているが切られていると説明した。

富山県警に長島会長のＥＴＣが、朝片山津インターで使用された事が判明、石川県警が一斉に捜索を始めたが、その後の消息が途絶えてしまった。

三井以外の桂木達を翌日釈放された。警察が尾行をしてその後の行動を監視することになった。

丁度一週間後、片山津の旅館を一軒ずつ捜査していた警官が、旅館の駐車場の隅に止まっていた長島会長の車を発見した。

直ぐさま富山県警に連絡されて、十数人の刑事が旅館に乗り込むと虚を突かれた長島会長はあっさり身柄を確保されてしまった。

長島会長の身柄が確保されて一番喜んだのは、恭子だった。

明日発売の通販画報に名前は書いてはいないが、誰が見ても長島だと判る記述があるので、胸を撫で下ろしていた。

捕まれば自供を待つのみになる事は明白、任意の取り調べが直ぐに逮捕になると思っていた。

翌日発売された通販画報の表紙の見出しには、大きく（汚された宝石、富山湾の白えび）の大きな文字が躍った。

「大丈夫か？　逮捕の報告はまだ無いが、本は店頭に並んでしまったぞ！」編集長の悲壮な顔に恭子も心配になった。

十時過ぎに恭子の携帯が鳴り響き「長島が自供しました！　三井を尾行して、坪倉さんの工場に様子を見に行った長島が、工場の中にガスを充満させた。坪倉さんはガスを吸い込んで倒れ、種火に引火して爆発火災になった」と崎田の声が弾む。

「長島は三井を信用していなかったのですね」

「もう一つ大山課長を殺したのは、三井と長島の犯行でした」崎田の安堵の声が聞こえて、恭子も安心した。

「編集長！　逮捕されました」恭子の声が弾んでいた。

正午のニュースで、大々的に長島会長と三井の逮捕のニュースが流れると、同時に恭子の事務所は電話が鳴り止まない状況に変わった。

逆にマルヒンにも電話とクレームが殺到、取引中止を早速決める取引先も続出して、混乱状態が始まった。

「もう、どうする事も出来ない！　我が社は終りだ！」鬼頭社長は社長室の中に入ったまま出てこなかった。

「マルヒンの品物は、総て偽装か！」「上場企業とは思えない！　二度と買わない！」電話で一般客が吠える。

長島物産は会社を閉鎖してしまった。

生協ファーストネットも、組合員からクレームの嵐に対応に追われる。

「この商品を決めたのは浅村課長！　君が決めたそうだな！　担当者は南浦君だったはず

だが」

浅村課長は一気に窮地に陥った。

勿論咲子も組合員への対応の混乱は夜まで続いた。

夜になると、長島物産の商品がどの様な方法で偽装がされたのか坪倉さんの工場を放火し殺人犯長島は、テレビの画面を賑わして消える時が無い。

反対にTUBOKURAには、激励と悔やみの電話、そして注文が殺到した。

日本の騒動が夕方になって、台湾の亀山有限公司の陳の元にも届いた。

陳も自分の会社の白えびが偽装に使われている事を、その時始めて知って愕然としていた。

通販画報には亀山有限公司の設備と、海老が富山の白えびと遜色無いと紹介してくれたが注文は停止になり昨日までの忙しさは消えた。

咲子は毎日自分の仕事の事だけで精一杯で、陳の会社の事を思う余裕がなかった。

次から次に偽装の話題と、殺人の余波は終わる事無く毎日の様にワイドショーでも取り上げられていた。

一か月が瞬く間に過ぎて、マルヒンの株価は額面割れの状態になり、支払いが出来ない状況が発生していた。

多額の賠償金を取引先から要求された。

「もう、駄目だ！」鬼頭社長はもう諦めるしか方法が無くなった。

事件発生から、崖を転がり落ちる様にマルヒンは業務を縮小、鬼頭は病気で一線を退く事となった。

日の出の勢いから一転のマルヒンの影響を受けたのは亀山有限公司も同じで、陳樹時は過剰な設備投資の影響で返済が滞り姿を消してしまった。

咲子の元に(俺は消える！　幸せに！)それだけのメールの後、携帯は契約が切れて全く連絡が出来ない状況になった。

友川は魚八水産を退職して、夏には自分で独立して商売をする事になった。

ワンディの大崎は上手に自分の責任を回避して、素早い対応で別の商品を導入して、会員にはマルヒンに騙されたので、社内の監視のレベルを上げて、今後この様な偽装を見逃さない様に監視を強化すると発表した。

通販画報は、高い商品だが安心安全の商品のイメージが大きくアップして、事件の号から倍増の発行部数になって、恭子は会社から表彰を貰った。

浅村課長は、生協を訪れた刑事に長島社長から脅されていた事実を言われて、認めると生協を去った。

咲子もその後生協を退社して、台湾に陳を探しに行ったが、全く行方が判らず失意の中帰国した。

あの時、自分が陳に偽装に使われている事を教えて、生協の中でも発表していたら、この様な結末は防げたと後悔が蘇った。


シーズンになったＴＵＢＯＫＵＲＡには大量の注文が殺到して、足立と結婚した真希が元気よく工場の中を走り廻っていた。

「今年は昨年の倍の注文が来るわよ、真希さん準備は大丈夫ですか？」恭子の電話に「大丈夫です！　その予定で冷凍の海老で生産しています」

「同じ品物で売ると偽装にはならないけれど、消費者には伝えてよ！」

「勿論です！　ＴＵＢＯＫＵＲＡは今も昔も、正直な品物を提供します！」

大きな声で答えて、張り切って工場の中に走って行った。

完

二〇一七年十一月十一日

杉山　実（すぎやま みのる）

兵庫県在住。

この物語はフィクションであり、実在の人物・団体とは一切関係ありません。

汚された宝石

2019年３月16日　発行

著　者　杉山　実

発行所　ブックウェイ

〒670-0933　姫路市平野町62

TEL.079（222）5372　FAX.079（244）1482

https://bookway.jp

印刷所　小野高速印刷株式会社

ISBN978-4-86584-397-2

乱丁本・落丁本は送料小社負担でお取り換えいたします。